YAMA

Luca Snow
in Zusammenarbeit mit
Sabrina Dörr

KURZROMAN

YAMA

DAS WORT DES TEUFELS

ISBN: 978-3-7583-1085-0

Copyright: © 2024 Luca Snow

Coverdesign: Michelle Auer & Luca Snow

Lektorat und Korrektorat: Sabrina Dörr

Herstellung und Verlag: BoD – Books on Demand,
Norderstedt

Instagram: _luca_snow

TikTok: luca_snow

Verlag: BoD · Books on Demand GmbH,
Überseering 33, 22297 Hamburg, bod@bod.de
Druck: Libri Plureos GmbH, Friedensallee 273,
22763 Hamburg

-Der Anfang vom Ende-

Existenz – was für ein seltsames Wort. Es beschreibt den Zustand des Seins, doch seine Bedeutung bleibt flüchtig, wie Rauch in der kalten Morgenluft. Oft fragte ich mich, ob es überhaupt sinnvoll sei, geboren zu werden. Was rechtfertigt die Last der Existenz, die wir alle tragen? Von dem Moment an, in dem wir das Licht der Welt erblicken, sind wir gefangen in einem Netz von Erwartungen, Zwängen und unausweichlichen Pflichten. Wir werden zu Spielern in einem Stück, dessen Drehbuch wir nie gesehen haben, mit Rollen, die uns fremd sind. Ist es nicht ironisch, dass wir nach einem tieferen Sinn suchen, in einer Welt, die vielleicht gar keinen hat? Schon immer hatte ich diese Einstellung. Meine frühesten Erinnerungen sind geprägt von der Sehnsucht nach Bedeutung, nach einem tieferen Verständnis.

Ich erinnere mich an einen besonderen Tag, als ich mit meiner Mutter und meiner Schwester über ein mir endlos vorkommendes, paradiesisches Feld spazierte. Der Himmel war klar und unendlich blau, wie ein Gemälde ohne Grenzen. Die Sonne schien warm und gütig auf uns herab und tauchte die Welt in goldenes Licht. Die Blumen blühten in leuchtenden Farben, jede einzelne ein kleines Wunder der Natur. Ihr süßer Duft erfüllte die Luft und vermischte sich mit dem Wind, dessen sanftes Rauschen die Gräser zum Tanzen brachte.

Meine Mutter hielt meine Hand fest. Ihre Berührung war warm und beruhigend. Ihre andere Hand hielt die meiner Schwester, die mit großen, neugierigen Augen die Welt um uns herum betrachtete. Es war ein Moment des vollkommenen Friedens; ein Augenblick, in dem die Zeit stillzustehen schien.

Wir gingen weiter, unsere Schritte leicht und voller Freude. Bald erreichten wir unsere Höhle, einen geheimnisvollen Ort, den wir oft besuchten. Der Eingang war von Efeu überwuchert und wirkte wie das Tor zu einer anderen Welt. Im Inneren war es kühl und schattig, die Stille war fast greifbar. Meine Mutter führte uns tiefer in die Höhle hinein. Die Dunkelheit umhüllte uns wie ein weiches Tuch, während das Licht von draußen zu einem fernen Schimmer wurde. Schließlich blieb sie stehen und wandte sich mir zu.

»Sprich, mein Kind, ist es dir wichtig, dass wir hier zusammen sind? Vereint in dieser Welt?«, fragte sie mit sanfter Stimme. Ich dachte kurz nach, dann lächelte ich und umarmte sie fest.

»Wo wir auch sind, solange wir es teilen, ist es mir egal«, sagte ich voller Überzeugung. »Selbst wenn wir gemeinsam im Nichts verschwinden.« Ein Schatten huschte über das Gesicht meiner Mutter, und bevor ich realisieren konnte, was geschah, packte sie mich fest. Ihre Hand traf mein Gesicht mit einer solchen Wucht, dass es mich aus der Erinnerung riss. Der Schlag hallte in meinem Kopf wider und brachte mich zurück in die Gegenwart, weg von der Illusion des Friedens und der Sicherheit. Die kühle, dunkle Höhle verblasste und wurde ersetzt durch die geschäftigen Straßen der Stadt. Der Kontrast war scharf und ernüchternd. Um mich herum strömten Menschen in alle Richtungen, hastig und ziellos zugleich. Die Luft war erfüllt von einem Gemisch aus Abgasen, Essen von Straßenverkäufern, und dem unverkennbaren Geruch von Asphalt nach einem kurzen Sommerregen.

Ich saß auf einer alten Decke, die neben einem riesigen Geschäftsgebäude ausgebreitet war. Die massiven Glastüren des Gebäudes spiegelten das hektische Treiben auf den Straßen wider. Passanten eilten vorbei, jeder in seine eigene Welt vertieft, die Augen auf seine Ziele gerichtet, ohne den Blick zur Seite zu wenden. Die Stadt war ein lebendiges Mosaik von Geschichten, jede Person ein ungeschriebenes Kapitel.

Neben mir saß ein Mann in schäbiger Kleidung, sein Gesicht von tiefen Falten und Schmutz gezeichnet. Er hielt eine alte, abgenutzte Kaffeetasse in den Händen, in der ein paar Münzen klimperten, wann immer jemand achtlos eine weitere hineinwarf. Ich beobachtete die vorbeieilenden Passanten, von denen ihn die allermeisten ignorierten, als wäre er unsichtbar. In der Ferne hörte ich das Hupen der Autos, das Gemurmel der Menschenmengen und das gelegentliche Lachen eines Kindes. Jeder Anblick, jeder Geruch, jedes Geräusch wurde in meinem Geist gespeichert. Die Stadt war ein endloses Meer von Eindrücken, und ich versuchte, in jedem Tropfen eine Geschichte zu finden.

Eine Weile saß ich dort, vertieft in meine Gedanken und Beobachtungen, bis der Mann neben mir sich räusperte und mich ansprach.

»Verzeihung, junge Frau«, sagte er mit einer rauen Stimme. »Darf ich fragen, für was...naja, für was genau Sie das hier machen? Nicht, dass mir ihre Anwesenheit etwas ausmachen würde, im Gegenteil, aber für gewöhnlich machen Menschen eher einen großen Bogen um mich, wie...wie Sie ja selbst sehen.«

Ich wandte mich ihm zu und lächelte leicht. »Die wissen einfach ihre gute Gesellschaft nicht wertzuschätzen«, antwortete ich. »Aber sicher, ich sage es Ihnen gerne. Ich schreibe für eine Kulturzeitschrift und versuche, die verschiedenen Perspektiven und Erfahrungen der Menschen in dieser Stadt einzufangen. Heute wollte ich mich in die Perspektive eines Obdachlosen versetzen, um Ihre Lebensrealität besser zu verstehen und für unsere Leser greifbarer zu machen. Ich will verstehen, wer Sie wirklich sind und nicht, was andere über sie denken könnten. Also vielen Dank, dass Sie mir dies ermöglichen.«

Er nickte langsam, seine Augen musterten mich neugierig. »Es ist gut, dass jemand unsere Geschichte erzählen will«, sagte er schließlich. »Wir sind ja auch nur Menschen, wissen Sie.«

»Das weiß ich...und ich hoffe, dass meine Worte anderen helfen können, das auch zu verstehen.« Wir saßen noch eine Weile schweigend nebeneinander, während die Stadt um uns herum in ihrem hektischen Rhythmus weitertanzte. Jeder Mensch, der an uns vorbeiging, war ein flüchtiger Moment, ein winziger Teil eines größeren Ganzen. Und ich war nur eine Beobachterin, die versuchte, all das in Worte zu fassen.

Ein Mann in einem teuren Anzug kam die Straße entlang. Sein Blick war selbstbewusst und sein Gang fest, als gehöre ihm die ganze Stadt. Der Bettler neben mir hob die abgenutzte Kaffeetasse und fragte mit leiser Stimme: »Hätten Sie ein wenig Kleingeld übrig?«

Der Mann blieb stehen und blickte herab. Ein kaltes Lächeln spielte um seine Lippen. Ohne ein Wort zog er eine glänzende Münze aus seiner Tasche und hielt sie über die Tasse. Doch anstatt sie hineinzulegen, spuckte er zunächst darauf und ließ sie erst dann in die Tasse fallen.

»Ratten wie du sollten im Chaos verrotten«, sagte er verächtlich. Seine Stimme war laut genug, dass einige Passanten innehielten und neugierig zusahen. »Warum sollte ich mein hart verdientes Geld an Abschaum wie dich verschwenden, während du und deinesgleichen nichts anderes tut außer den Anblick unserer schönen Stadt zu beschmutzen?« Er richtete sich auf, warf die Schultern zurück und sah sich selbstgefällig um. »Ich bin steinreich und arbeite für dieses erfolgreiche Unternehmen«, erklärte er und deutete mit einer ausladenden Geste auf das riesige Geschäftsgebäude hinter uns. »Und gleich habe ich ein Date mit einer scharfen, erfolgreichen Frau. Mein Leben ist perfekt. Und was hast du, huh? Nichts als Dreck und Elend. Also tu der Welt einen Gefallen und beende dein erbärmliches Leben.«

Sein Lachen war kalt und hohl. Er trat einen Schritt zurück, als wäre die bloße Nähe des Bettlers ein Makel. Ich beobachtete die Szene schweigend durch meine dunkle Sonnenbrille. Die Worte des Mannes brannten sich in mein Gedächtnis ein. Der Bettler sagte nichts mehr, senkte nur den Blick und starrte auf die bespuckte Münze in seiner Tasse. Der Mann in dem Anzug wandte sich ab und setzte seinen Weg stolz fort, als hätte er gerade etwas Triumphales vollbracht.

Ich machte mir eine mentale Notiz: der Reiche, der seine Überlegenheit demonstrierte; der Bettler, der schweigend den Schmerz ertrug. Es waren die kleinen, scheinbar bedeutungslosen Momente, die oft die größten Wahrheiten über die menschliche Natur offenbarten.

Nachdem der Mann in dem teuren Anzug weitergegangen war, sah ich den Bettler neben mir an. Seine Schultern waren gesenkt, sein Blick starrte immer noch auf die bespuckte Münze in der Kaffeetasse. Einen Moment lang zögerte ich, dann sagte ich leise: »Möchten Sie mit mir nach Hause kommen?«

Er hob den Kopf und sah mich überrascht an. »Was? Bitte...was haben Sie gerade gesagt?«

»Ich lade Sie ein, zu mir nach Hause zu kommen. Sie könnten eine anständige Mahlzeit gebrauchen.« Verblüffung breitete sich auf seinem Gesicht aus, gefolgt von einem unsicheren Lächeln. »Meinen Sie das wirklich ernst? Jemanden wie mich wollen Sie als Gast empfangen?«

Ich nickte. »Ja, wirklich. Kommen Sie mit.« Er zögerte noch einen Moment, dann stand er langsam auf und folgte mir. Wir gingen durch die vollen Straßen der Stadt und die neugierigen Blicke der Passanten begleiteten uns. Nach einer Stunde erreichten wir schließlich mein Haus, ein modernes Gebäude mit klaren Linien und großen Fenstern. Die Außenwände waren dunkel, fast schwarz, und verliehen dem Haus einen Hauch von Geheimnis. Ich öffnete die Tür und führte ihn hinein. Das Innere war ebenso dunkel und modern eingerichtet, mit minimalistischen Möbeln und gedämpfter Beleuchtung, die Schatten an die Wände warf.

»Setzen Sie sich«, sagte ich und deutete auf den Esstisch aus poliertem Stahl und Glas. Während er Platz nahm, begab ich mich in die Küche und begann, eine Mahlzeit zuzubereiten. Die Stille war nur vom gelegentlichen Klappern von Töpfen und Pfannen unterbrochen. Bald erfüllte der Duft von frisch gekochtem Gemüse, Reis und Hähnchenfleisch den Raum. Ich deckte den Tisch sorgfältig, stellte Teller, Besteck und Gläser hin. Dann brachte ich die verschiedenen Speisen in das Esszimmer und stellte sie vor ihn auf den Tisch. »Bedienen Sie sich«, sagte ich mit einem Lächeln.

Er sah das Essen mit großen Augen an und griff dann vorsichtig nach einer Gabel. »Ich… danke Ihnen«, sagte er leise, bevor er den ersten Bissen nahm. Sein Gesicht hellte sich auf und ich konnte sehen, wie sehr er den Geschmack genoss. Es war offensichtlich, dass er schon lange nicht mehr so gut gegessen hatte.

»Das ist unglaublich«, murmelte er zwischen zwei Bissen. »Ich kann mich nicht erinnern, wann ich zuletzt eine richtige warme Mahlzeit hatte.«

»Ich bin froh, dass es Ihnen schmeckt«, antwortete ich und beobachtete, wie er sich an dem Essen erfreute.

Es klingelte an der Tür. Ich wischte mir die Hände an einem Tuch ab, schnappte mir einen Drink und ging in den Eingangsbereich, um die Tür zu öffnen. Vor mir erblickte ich den reichen Mann, der den Bettler zuvor beleidigt hatte. Ein Lächeln breitete sich auf seinem Gesicht aus. Ohne meine Sonnenbrille würde er wohl niemals erahnen, dass er mir an diesem Tag bereits einmal begegnet war.

»Yama! Wie schön, dich endlich in Person kennenzulernen, es ist mir eine Freude! Ich habe mich schon gefragt, ob ich die richtige Adresse habe.« Er grinste und beugte sich vor, um mir einen flüchtigen Kuss auf die Wange zu geben.

»Die Freude ist ganz meinerseits, komm rein«, sagte ich und reichte ihm den Drink. »Ich freue mich, dass du es geschafft hast.«

Gut gelaunt trat er ein, nippte an seinem Glas, schaute sich um...und erstarrte plötzlich. Sein Blick blieb auf dem Bettler hängen, der immer noch am Tisch saß und den letzten Bissen seiner Mahlzeit kaute. Die Augen des Bettlers weiteten sich vor Schreck, als er den Mann erkannte, der ihn nur wenige Stunden zuvor gedemütigt hatte. Dieser öffnete den Mund, als wolle er etwas sagen, aber dann schwankte er und fiel schwer auf den Boden. Der Drink rollte aus seiner Hand und hinterließ eine Spur von verschüttetem Gin.

Der Bettler sprang erschrocken auf und wich einen Schritt zurück, aber bevor er etwas tun konnte, sah ich, wie auch seine Augen glasig wurden. »Ich habe bei ihm die Dosis erhöht, deswegen ist er zuerst umgefallen«, sagte ich kühl, mehr zu mir selbst als zu jemandem im Raum, und schon sank der Bettler ebenfalls zu Boden. Ich blieb einen Moment lang stehen und betrachtete die beiden bewusstlosen Männer. Während ich darüber nachdachte, was ich als Nächstes tun würde, fragte ich mich, was der Bettler wohl träumte. War es eine Rückkehr zu glücklicheren Zeiten? Oder vielleicht ein Albtraum, gefangen in einer endlosen Spirale von Elend und Schmerz? Der Raum war nun still; das einzige Geräusch kam von der langsam tickenden Uhr an der Wand. Ich sah auf die beiden reglosen Körper und spürte eine unheimliche Ruhe in mir aufsteigen. Die Dunkelheit des Raumes schien sich zu vertiefen, während ich in die Abgründe meiner eigenen Gedanken eintauchte.

Als für den Bettler die absolute Dunkelheit verschwand und er seine Augen wieder öffnete, fand er sich in einem schwach beleuchteten, kühlen Raum wieder. Für einen Moment konnte er nicht begreifen, wo er war. Die Luft roch nach Feuchtigkeit und Schimmel, das einzige Licht drang durch schmale Ritzen in den Wänden. Er setzte sich mühsam auf und spähte in die Finsternis. An den Wänden bemerkte er dunkle Flecken, die wie Blut aussahen, und verrostete Ketten hingen von der Decke herab. Ein Schauer lief ihm über den Rücken. War er etwa tot? War dies die Hölle?

Seine Gedanken waren wirr und ängstlich. Er versuchte sich zu erinnern, wie er hierhergekommen war, aber es war, als würde ein dunkler Nebel seine Erinnerungen verschleiern. Plötzlich fiel sein Blick auf eine junge Frau, die reglos auf dem Boden lag. Sie hatte eine blasse Haut und schwarze Haare, deren Spitzen mit verschmiertem Make-up verziert waren. Verletzungen zeichneten ihr Gesicht und ihre Kleidung war zerfetzt.

Der Bettler ging langsam und vorsichtig auf sie zu. Als er näherkam, bemerkte er, dass sie bewusstlos war. Ihr Atem war flach und unregelmäßig, ihre Stirn von Schweißperlen bedeckt. Sein Herz schlug schneller, als er sich fragte, wer sie war und vor allem was mit ihr geschehen war. Auf einmal durchzuckte ein panischer Schrei die Stille, denn die Frau erwachte mit einem Ruck. Ihre Augen weiteten sich vor Angst, während sie sich umsah, als suche sie nach einem Ausweg aus der Dunkelheit. Ihre Stimme war heiser: »W-wo bin ich? Wer bist du? Lass m-mich hier raus!« Der Bettler hielt erschrocken inne, seine Hände zitterten leicht. Er wusste nicht, wie er antworten sollte. Die Situation war ebenso verwirrend wie beängstigend, und er spürte, dass etwas Unheimliches in der Luft lag, etwas, das weit über das hinausging, was er je erlebt hatte.

»Ich bin selbst hier gefangen...mein Name ist Mike«, sagte er sanft und versuchte, einen freundlichen Tonfall anzuschlagen.

»Sam«, antwortete sie leise.

Mike spürte, dass er vorsichtig sein musste. »Sam, kannst du dich noch an irgendetwas erinnern?«, fragte er behutsam. Sie schüttelte den Kopf und hielt sich die Hand an die Stirn, als würde sie versuchen, die Erinnerungen aus den finsteren Ecken des Raumes zu ziehen.

»Ich weiß es nicht«, flüsterte sie schließlich. »Gestern Abend war ich draußen unterwegs. Eine Frau bot mir ein Getränk an, und dann... dann bin ich hier aufgewacht.« Die Erinnerung an die letzte Nacht schien wie ein Schatten, der sie umhüllte, und ihre Stimme zitterte vor Angst. Sie blickte sich ängstlich um, als ob sie hinter jeder Ecke eine weitere Gefahr vermutete. Mike legte beruhigend seine Hand auf ihre Schulter. »Da drüben ist eine Tür. Ich weiß nicht, wo sie uns hinführt, aber wir müssen –«

Beide zuckten zusammen, als plötzlich violettes Licht den gesamten Raum umhüllte und die Tür, auf die Mike gezeigt hatte, die noch vor wenigen Momenten offen gestanden hatte, wie von Zauberhand zufiel. Da Mike nun den gesamten Raum erkennen konnte, fiel ihm zu seinem Schrecken nun auch der bewusstlose Körper eines dürren Mannes ins Auge, der mit geschlossenen Augen mit dem Rücken an der Wand lehnte. Musik ertönte. Es waren schiefe Laute, die einer kaputten Spieluhr ähnelten, und im Takt dieser Melodie ertönte eine ihm bekannte Stimme, welche monoton die folgenden Zeilen vortrug:

»Zwei Leben hier, doch nur eines du kannst wählen,
Entscheide geschwind, das Gas wird dich quälen,
Nur fünf Minuten, die Mikes Schicksal weisen,
Ein Leben musst du retten, das andere entreißen.«

Die Worte bohrten sich tief in Mikes Verstand, während er spürte, wie sich ein überwältigender Druck in seiner Lunge ausbreitete und er husten musste.

»Was...was machen wir jetzt?«, flüsterte Sam mit zitternder Stimme. »Scheiße...ich...ich bekomme keine Luft.« Mike starrte auf den bewusstlosen Mann, während seine Gedanken panisch wirbelten.

»I-ich muss...eine Entscheidung treffen«, keuchte er schließlich, mehr zu sich selbst als zu Sam. »Aber ich weiß nicht, wie...ich...ich kann das nicht.«

Sam umklammerte seine Hand fest. »Bitte...du...du musst mich retten«, flehte sie, ihre Stimme schwach und von Husten unterbrochen. Mike wusste, dass jede Sekunde zählte. Seine Emotionen tobten in einem inneren Sturm, Zweifel und Angst kämpften gegen

Entschlossenheit und Notwendigkeit. Er fühlte sich gefangen zwischen den grausamen Optionen, welche die Stimme ihm aufgezwungen hatte. Er konnte sich nun wieder genau an ihre Besitzerin erinnern, die ihn eiskalt in eine Falle gelockt hatte, nachdem er ihr blind vertraut hatte. Was war das hier für ein krankes Spiel? Was sollte das?

Er wankte schwach in Richtung des Ohnmächtigen und kniete sich neben ihm nieder. Die Sekunden verstrichen wie Stunden, während er hin- und hergerissen war zwischen den beiden erschütternden Möglichkeiten, das Gas sich immer weiter in seine Lungen presste und ihm mehr und mehr schwarz vor Augen wurde. Mike schloss die Augen und spürte die Last der Entscheidung auf seinen Schultern. Sein Atem ging in hastigen, unregelmäßigen Stößen. Schließlich öffnete er die Augen, die Entschlossenheit darin fest verankert. Er erblickte einen schweren Hammer neben dem Mann, der wohl extra für diesen Moment dort platziert worden war. Ihm gingen so viele Gedanken durch den Kopf und alles in ihm wehrte sich. Wieso sollte dieser Mann sterben? Wieso nur? Aber Sam töten kam nicht in Frage...doch warum eigentlich nicht? Warum wollte er lieber diesen Mann sterben lassen? Vielleicht hatte dieser eine Familie oder vielleicht war er ein viel besserer Mensch als Sam. Bevorzugte er sie, weil sie eine Frau war oder weil er sie jetzt seit wenigen Minuten kannte? Das ergab keinen

Sinn, aber dennoch war es für ihn die einzig mögliche Entscheidung.

Seine Hand zitterte, als er den Hammer in die Luft hob. Die Angst und der Schmerz in seinen Augen offenbarten das Grauen, das er gleichzeitig verursachte und verhinderte. Ein letzter Blick auf Sam, deren Tränen ihre Verzweiflung widerspiegelten, bevor Mike dem Ohnmächtigen mit aller Kraft auf den Kopf schlug...und dann wieder...und noch einmal...und noch ein weiteres Mal. Er schrie und Sam schrie, doch er blendete es völlig aus.

In einem völligen Wahn schlug er immer weiter und weiter und weiter; er erkannte sich selbst nicht wieder. Das Licht des Raumes wechselte dann auf einmal schlagartig von violett zu grün und er sowie Sam schnappten gierig nach Luft. Das Gas schien dank des Todes des Mannes verschwunden zu sein. Mike konnte den Blick nicht von der reglosen, verstümmelten Gestalt auf dem Boden abwenden. Sam stand neben ihm, ihre Augen weit vor Entsetzen, und Tränen liefen ihr über die Wangen. Die metallene Tür sprang lautstark wieder auf.

»Mike...«, flüsterte Sam, ihre Stimme brüchig und voller Schmerz. »Was...was machen wir jetzt?« Er schloss für einen Moment die Augen und versuchte, die Kontrolle über seine Gefühle wiederzuerlangen.

»Wir müssen weitergehen«, sagte er schließlich, seine Stimme fest, obwohl sein Inneres zerrissen war.

»Es...es muss einen Ausweg geben. Wir haben ihr Spiel mitgespielt, vielleicht können wir jetzt hier raus.«

Sam nickte zögernd und griff nach seiner Hand, als ob sie sich an ihm festhalten wollte, um nicht in den Abgrund ihrer eigenen Verzweiflung zu fallen. Gemeinsam machten sie sich auf den Weg durch einen düsteren, engen Keller. Jeder Schritt hallte in der bedrückenden Stille und die Schatten schienen sich wie lebendige Wesen um sie zu winden. Die Gänge waren kalt und feucht und die Luft war schwer zu atmen. Mike versuchte, sich zu orientieren, aber jeder Korridor sah gleich aus. Es gab keine Hinweise darauf, wie sie aus diesem Labyrinth herausfinden konnten. Die Wände waren durchgehend mit dunklen Flecken übersät und gelegentlich hingen weitere rostige Ketten von der Decke herab.

Schließlich erreichten sie eine weitere massive Tür. Mike zögerte einen Moment, doch dann öffnete er sie mit einem festen Ruck. Vielleicht befand sich hier ein Ausgang. Der Raum, den sie betraten, war schwach beleuchtet, und die Luft war stickig und modrig. In der Mitte des Raumes standen zwei Gestalten, gefesselt und hilflos: ein Kind und ein alter Mann. Beide waren an Stühle gebunden, ihre Gesichter von Angst und Verzweiflung gezeichnet. Mike spürte, wie sein Herz schwer in seiner Brust schlug, als er die Szene betrachtete. Was um alles in der Welt ging hier nur vor, fragte er sich. Erneut verschloss sich die Tür von selbst, Sam und Mike zuckten zusammen, und als sich auch dieser Raum schwach violett färbte, wussten beide, was dies zu bedeuten hatte:

»Wieder stehst du vor der Wahl,
Ein Leben retten, das andere entziehen.
Ein Kind so jung, ein Mann so alt,
Wessen Zeit ist gekommen, aus der Welt zu entfliehen?«

Mike spürte, wie ihm der Boden unter den Füßen weggezogen wurde. Die Worte dieser Psychopathin brannten sich in sein Bewusstsein und nachdem er vergebens versucht hatte, die Tür mit purer Gewalt wieder aufzubekommen, wusste er, dass er erneut eine Entscheidung treffen musste, die sein Leben für immer verändern würde. Sam starrte ihn an und blickte dann auf die beiden gefesselten Gestalten. Tränen stiegen in ihre Augen und sie schüttelte heftig den Kopf, während sie beide erneut stark zu husten begannen. »Nein...das können wir nicht tun! Das ist absolut unmenschlich! LASS UNS ENDLICH HIER RAUS, DU VERRÜCKTE!« Mike blendete Sams gequältes Gebrüll aus und stand schweigend da, während die Schwere der Entscheidung auf ihm lastete. Er fühlte sich wie in einem Albtraum gefangen, aus dem es kein Erwachen gab.

»Warum...warum müssen wir das durchmachen?«, fragte Sam verzweifelt. »Warum zwingt uns jemand zu solchen Entscheidungen?« Mike wusste, dass es keine einfachen Antworten gab. Die grausame Realität ihrer Situation ließ keinen Raum für Zweifel oder Zögern. Er musste eine Wahl treffen, und er wusste, dass es keinen richtigen oder falschen Weg gab, nur die grausame Notwendigkeit der Entscheidung.

»Sam, hör mir zu«, sagte er schließlich, seine Stimme fest und entschlossen. »Wir müssen das durchstehen. Ich bringe uns beide hier raus. Und deswegen müssen wir uns entscheiden.« Sam sah ihn mit großen, tränenverhangenen Augen an.

»Aber wie? Wie können wir entscheiden, wer leben und wer sterben soll? Ich meine...das Kind hat noch so viel vor sich...aber sollte der Alte deswegen geopfert werden?«

Mike hustete und schlug sich selbst vor Verzweiflung an den Kopf, dann schrie er und trat schließlich hektisch näher an die beiden Gefesselten heran und betrachtete ihre Gesichter. Das Kind, ein Junge von vielleicht zehn Jahren, sah ihn mit großen, angstvollen Augen an. Der alte Mann hatte tiefe Falten im Gesicht und sah erschöpft und resigniert aus.

»Hör zu«, sagte Mike schließlich leise zu dem älteren Mann, seine Stimme leicht zitternd. »Ich...ich muss eine Wahl treffen. Es...tut mir leid, dass es so weit gekommen ist. Aber ich werde tun, was ich für das Beste halte.« Der alte Mann hustete stark, hob mühsam den Kopf und sah Mike in die Augen.

»Ich bin alt«, sagte er mit schwacher, brüchiger Stimme. »Mein Leben ist fast vorbei. Aber...das Kind hat noch sein ganzes Leben vor sich. Lass ihn leben.«

Mike spürte, wie seine Augen brannten. Die Worte des alten Mannes drangen tief in sein Herz und machten die Entscheidung nur noch schwerer. Er wusste, dass der Mann recht hatte, aber es war dennoch eine unmenschliche Wahl.

»Danke«, flüsterte Mike und trat einen Schritt zurück. Er griff nach einem Messer, das er auf einem kleinen Tisch liegen sah, und drehte es in seinen Händen. Die Klinge glitzerte im schwachen Licht und er spürte, wie seine Hände zitterten.

»Es tut mir leid«, sagte er erneut und seine Stimme brach, als er auf den alten Mann zuging. »Es tut mir so leid.«

Der alte Mann schloss die Augen und nickte leicht. »Es ist schon in Ordnung«, sagte er leise. »Tu, was du tun musst.«

Mike hob das Messer und stach zu. Der Schmerz in seinem Herzen war fast unerträglich, als er den alten Mann tötete. Sam schluchzte leise, ihre Hände vor dem Gesicht, während sie sich von dem schrecklichen Anblick abwandte. Als der alte Mann schließlich still und regungslos war, ließ Mike das Messer fallen und sank auf die Knie. Tränen liefen über sein Gesicht und er spürte, wie die Last seiner Entscheidung ihn zu Boden drückte. Gleichzeitig bekam er wieder besser Luft, doch das war ihm in dem Moment egal.

»Er ist tot«, flüsterte er schließlich, mehr zu sich selbst als zu Sam. »Wir können weiter.«

Nachdem Mike mehrmals vergeblich versucht hatte, den kleinen Jungen von seinen Ketten zu lösen, blieben er und Sam eine Weile in bedrückendem Schweigen im Raum stehen. Die schwere Last der Entscheidung lag wie ein bleierner Mantel auf ihren Schultern. Mike wusste, dass sie weitergehen mussten, auch wenn ihm der Gedanke schwerfiel, dass dieser Junge wohl in die Obhut dieser kranken Frau übergehen würde. Doch hierbleiben war auch keine Option.

»Wir müssen gehen«, sagte er schließlich, seine Stimme hohl und müde. Sam nickte nur stumm, ihre Augen immer noch rot von den Tränen. Sie verließen den Raum und betraten erneut die düsteren, feuchten Gänge des Kellers. Jeder Schritt war eine Qual und die Dunkelheit um sie herum schien noch undurchdringlicher geworden zu sein.

Mike konnte den Blick nicht von Sams Gesicht abwenden. Ihre offensichtliche Fassungslosigkeit und Verzweiflung spiegelten seine eigenen Gefühle wider. Nach einer Weile erreichten sie eine weitere massive Tür. Mike hielt kurz inne und atmete tief durch, bevor er diese öffnete. Angst davor, was auf der anderen Seite wartete, breitete sich in ihm aus, aber er hatte genauso Angst, für immer in diesen Gängen herumzuirren. Irgendwo musste es einen Ausgang geben. Irgendwann mussten die Prüfungen aufhören.

Der Raum, den sie betraten, war größer als die vorherigen und von einer kalten, unheimlichen Stille erfüllt. An einer Wand waren mehrere Männer gefesselt. Ihre Gesichter waren angespannt und von Angst gezeichnet. Auf der anderen Seite des Raumes war ein einzelner Mann gefesselt, der wie ein Polizist gekleidet war. Mike spürte sofort, dass eine weitere schreckliche Prüfung bevorstand. Er konnte das Gefühl der Beklemmung und das Gewicht der kommenden Entscheidung bereits spüren, obwohl er wusste, dass sein innerer Widerstand nichts an der Situation ändern würde.

»Was...was um alles in der Welt soll das jetzt werden?«, fragte Sam leise, ihre Stimme vor Angst zitternd. »Warum passiert uns das?«

»Ich weiß es nicht«, antwortete Mike mit gedämpftem Ton. »Aber...wir müssen irgendwie durchhalten. Ich habe dir gesagt, ich bringe dich hier raus, also werde ich auch das tun, was dafür notwendig ist.«

Kaum überraschend fiel auch die Tür dieses Raumes zu und er wurde von violettem Licht erfüllt, bevor ein weiteres Mal die Stimme erklang:

»Zehn Männer, gefangen, Verbrechen klein,
Ein Polizist, gerecht und rein.
Wer darf leben, wer muss sterben?
Du musst wählen, ohne zu verderben.«

Mike verstand erst mit dem Einsetzen des Drucks in seiner Lunge, was diese Worte wirklich zu bedeuten hatten, obwohl er es eigentlich hatte kommen sehen. Die Entscheidung war grausam und unmenschlich. Was wollte diese Frau nur bezwecken? Was erwartete sie? Dass er diese Kriminellen tötete, weil der Polizist ein besserer Mensch war? Oder dass er ein einzelnes Leben gegen zehn Stück eintauschte? Sams Augen waren voller Entsetzen, als er sie anblickte.

»Das ist Wahnsinn!«, rief sie. »Wie sollen wir das bloß entscheiden?«

Mike schüttelte den Kopf, unfähig, eine klare Antwort zu geben. Er war gefangen in einem Netz aus moralischen Dilemmas und schmerzhaften Entscheidungen. »Ich...ich hab keine Ahnung«, brachte er keuchend hervor. »Ich...also...wir müssen etwas tun. Wir können nicht einfach hier stehen bleiben, sonst sterben wir alle.«

Sie gingen langsam ein paar Schritte weiter in den Raum hinein. Die zehn Männer an der einen Wand sahen abgemagert und verzweifelt aus. Ihre Augen waren leer und einige murmelten leise vor sich hin.

Der Polizist auf der anderen Seite des Raumes sah Mike und Sam mit flehenden Augen an.

»Bitte helft mir«, sagte er, seine Stimme brüchig vor Angst. »Ich habe eine Familie. Meine Kinder brauchen mich.«

Mike spürte, wie sein Herz schwer wurde. »Was sollen wir nur tun?«, fragte er verzweifelt.

Sam legte ihre Hand auf seinen Arm. »Wir...wir müssen jetzt eine Entscheidung treffen.«

»Aber...wie?«, fragte er hustend. »Wie sollen...wie sollen wir entscheiden, wer lebt und wer stirbt?«

Die Diskussion wurde hitziger und Mike fühlte, wie die Verzweiflung in ihm immer weiter wuchs, bis er es kaum ertragen konnte. Die Zeit drängte. Das Gas, das langsam in den Raum strömte, wurde zunehmend spürbarer. Er konnte den stechenden Geruch in der Luft riechen und es schien, als würde der Raum immer kleiner werden; als würden die Wände immer näherkommen.

»Verdammte Scheiße! Sie...sie hatten ja irgendwie ihre Chance und haben anderen Menschen geschadet.« Mike trat näher an die zehn Männer heran. Sie sahen ihn mit leeren Augen an und er spürte, wie sein Magen sich vor Abscheu zusammenzog. Er griff nach dem Messer, das er wieder auf einem kleinen Tisch liegend fand und welches auf ihn zu warten schien, und drehte es in seinen Händen. Die Klinge glitzerte im schwachen Licht und seine Hände zitterten so stark, dass er das Messer fast fallen ließ. Warum wollte er das tun? Wieso wollte er unbedingt diesen Polizisten verschonen? Machte es überhaupt Sinn? Keine seiner Entscheidungen fühlte sich richtig an. Aber wie sollte es in einer solchen Situation auch eine richtige geben?

»Es tut mir leid«, flüsterte er, als er auf den ersten Mann zuging. Mit einem schnellen Schnitt durchtrennte er dessen Kehle. Das Blut spritzte und der Kopf des Mannes sank leblos auf seine Brust. Mike drehte seinen Kopf schnell weg.

Der zweite Mann sah ihn mit weit aufgerissenen Augen an. »Bitte verschone mich«, bettelte er, aber Mike konnte seine Worte kaum hören; er musste bei seiner Entscheidung bleiben und seine Aufgabe schnell hinter sich bringen. Er hob erneut das Messer und stach zu. Doch nach dem zweiten Mord konnte er auf einmal nicht mehr weitermachen. Die Verzweiflung und der Ekel über sich selbst waren einfach zu groß. Er ließ das Messer fallen und sank auf die Knie.

»Ich kann das nicht mehr«, flüsterte er, während der Druck in seiner Lunge immer größer wurde. »Ich kann doch...ich kann doch nicht noch acht Menschen töten.« Sam trat näher an ihn heran und legte ihre Hand auf seine Schulter.

»Hey...hey, nicht schlapp machen, Mike, bitte, es...es gibt doch einen Weg, dass...dass du das nicht musst.« Mike hob den Kopf und sah den Polizisten an. Die Tränen in dessen Augen spiegelten die Qual wider, die Mike selbst fühlte.

»Nein...nein, bitte nicht, ich...ich hab doch nichts falsch gemacht, ich –«, doch Mike folgte keinem klaren moralischen Kompass mehr. Er dachte in diesem Moment nur an seine eigenen Gefühle und an seinen Wunsch, diese schlimmen Taten, zu denen er gezwungen wurde, nicht öfter zu tun als notwendig. Mit neuer Entschlossenheit griff er nach dem Messer und ging auf den Polizisten zu. Der Mann sah ihn mit flehenden Augen an, aber Mike konnte seine Meinung nicht ein weiteres Mal ändern. Dazu fehlte ihm die Kraft.

Mit einem schnellen Schnitt durchtrennte er die Kehle des Polizisten und das Leben wich aus dessen Augen. Als dieser schließlich regungslos in seinen Fesseln hing, spürte Mike, wie ein Teil von ihm selbst starb. Die Last der Entscheidungen, die er getroffen hatte, war unerträglich. Er wusste nicht, wie er damit leben sollte. Schweigend und zitternd verließ er gemeinsam mit Sam den Raum. Jeder Schritt fühlte sich an wie eine Ewigkeit und die Dunkelheit um sie herum schien sie zu verschlingen. Mike konnte den Schmerz und die Schuld kaum ertragen. Die Bilder der Menschen, die er getötet hatte, verfolgten ihn unaufhörlich und würden dies wahrscheinlich bis an sein eigenes Lebensende.

Schließlich erreichten sie eine weitere Tür. Mike öffnete sie vorsichtig. Er wollte nicht wissen, was hinter ihr war...doch es gab keinen anderen Weg. Sie traten ein und er zuckte bei dem Anblick, der sie erwartete, zusammen. In der Mitte des Raumes war der arrogante, reiche Mann angekettet, der ihn gedemütigt, beleidigt und ihm den Tod gewünscht hatte. Dieser Kerl, der sich gegenüber Mike so überlegen gefühlt hatte, war es in dieser Situation jedenfalls nicht. Wie schnell sich die Rollen tauschen konnten. Mike spürte, wie sein Zorn aufwallte, aber er wusste, dass er einen klaren Kopf bewahren musste. Die Tür sprang zu, das violette Licht erschien und die Stimme ertönte aufs Neue:

»*Zwei Seelen, eine Wahl,*
Ein Mörder, eine Unschuld,
Wähle weise, wähle schnell,
Nur Tod folgt auf Geduld.«

»Ein...ein Mörder? Und ich muss wählen?«, fragte Mike irritiert, während das Gas ein weiteres Mal seine Lunge angriff. Hier war doch nur ein einziger Mann.

»Na...na selbstverständlich bringst du mich nicht um!«, rief der reiche Mann plötzlich und starrte dabei auf das blutige Messer, das Mike, ohne es zu bemerken, aus dem letzten Raum mitgenommen hatte und nun noch immer in der Hand hielt.

Mike spürte, wie sein Zorn erneut aufwallte. »Warum sollte ich dich retten?«, fragte er scharf. »Hast du vergessen, was du mir angetan hast? Außerdem bist du ein Mörder!«

»Ein Mörder? Ich? Willst du mich verarschen? Ich bin ein wichtiger Teil dieser Gesellschaft. Ich halte mich an Gesetz und Ordnung. Ich habe niemanden umgebracht.«

Mike blickte verwirrt zu Sam. Sie sah ihn lange an. Ihre Augen schimmerten feucht in der schwachen Beleuchtung des Raumes und schließlich öffnete sie ihren Mund. »Mike, ich muss dir etwas sagen«, begann sie zögernd, ihre Stimme kaum mehr als ein Flüstern.

Er drehte sich nun vollständig zu ihr um, sein Gesicht von Verwirrung und Angst gezeichnet. »Was ist los, Sam?«

»Ich...ich habe etwas getan«, brachte sie zwischen Husten hervor und senkte den Blick. »Bevor...bevor wir hierherkamen, bevor all das passiert ist, habe...habe ich einen Menschen getötet.«

Mikes Augen weiteten sich vor Schock. »Was? Was redest du da?«

»Es war ein Unfall«, sagte Sam hastig, während Tränen ihr über die Wangen rannten. »Ich wollte es nie tun, aber...ich war betrunken und ich...ich habe jemanden getötet. Und jetzt werden wir dafür bestraft. Deswegen bin ich hier.«

Mike hatte den Eindruck, dass der Boden unter seinen Füßen schwankte. Die Frau, die ihn die ganze Zeit über begleitet und ihm geholfen hatte, diesen Albtraum zu durchstehen, war eine Mörderin? Er konnte es nicht fassen. Er wollte so viele Nachfragen stellen, doch die Zeit war zu knapp. Eine Sache musste er aber wissen. »Warum...warum hast du mir das nicht früher gesagt?«

»Ich hatte Angst«, flüsterte Sam. »Angst, dass du mich verurteilen würdest. Dass du mich hassen würdest. Aber jetzt...ich konnte es nicht länger verbergen, nicht...nicht in dieser Situation...wenn du...diese Wahl treffen musst.«

Die Worte schienen in Mikes Kopf zu hallen. Er konnte die Bedeutung der Gedichtzeilen nun klar erkennen. Er musste wählen zwischen dem Mann, der ihn beleidigt und gedemütigt hatte, und Sam, die sich gerade als Mörderin entpuppte. Eigentlich lag es auf der Hand. Sam hatte jemandem das Leben genommen. Es wäre nur gerecht, wenn sie sterben würde. Auge um Auge, Zahn um Zahn. Das Gas bohrte sich durch Mikes Körper, während Sam auf die Knie sank.

»Du musst tun, was du für richtig hältst«, sagte sie leise und schnappte dabei nach Luft. Ihre Tränen flossen ungehindert. »Ich werde es akzeptieren.«

Es war ganz klar. Eigentlich war die Entscheidung glasklar, doch Mike ging trotzdem auf den reichen Mann zu, das blutige Messer fest in seiner Hand.

»WARTE, WAS UM ALLES IN DER WELT TUST DU DA? ICH BIN UNSCHULDIG!«, schrie dieser panisch.

»Nein, bist du nicht«, sagte Mike kalt und stach zu. Das Messer glitt durch den Körper des Mannes und ein Schrei hallte durch den Raum. Mike fühlte sich, als würde er wieder und wieder in ein dunkles Loch fallen, aber er musste es tun, wenn er irgendwann wieder hier rauskommen wollte. Als der Mann schließlich leblos zusammensackte, sank Mike auf die Knie. Die Verzweiflung übermannte ihn und er begann zu weinen. Sam trat an ihn heran und klopfte ihm auf die Schulter.

»Es ist vorbei, Mike«, flüsterte sie, während sie ihm das blutgetränkte Messer aus der Hand nahm. »Es ist vorbei.«

In diesem Moment öffnete sich die Tür und ich betrat den Raum, einen Notizblock in der Hand und ein höfliches Lächeln im Gesicht. Sam ging auf mich zu und kniete vor mir nieder.

»Habe...habe ich das gut gemacht, Meisterin?«, fragte sie, ihre Stimme kaum mehr als ein Flüstern.

Ich streichelte ihr sanft über den Kopf und suchte ihren unterwürfigen Blick. »Sehr gut gemacht, Chio. Du hast deine Rolle perfekt gespielt. Ich bin sehr stolz auf dich.« Mike starrte uns an. Sein Verstand arbeitete auf Hochtouren, um das Gesehene zu verarbeiten.

»Was...was bedeutet das?«, fragte er schließlich, seine Stimme schwach und brüchig.

Ich drehte mich zu ihm um. »Du wurdest die ganze Zeit über getäuscht, Mike. Chio hier hat dich manipuliert, damit ich herausfinden kann, wie du dich in welchen Situationen entscheiden würdest. Es war sehr lehrreich und inspirierend.«

»Warum?«, flüsterte er. Tränen flossen ihm unkontrolliert die Wangen herunter. »WARUM HAST DU MIR DAS ANGETAN?«

»Das habe ich dir doch heute schonmal gesagt, als du mich gefragt hattest, warum ich dich den Tag über begleiten wollte, erinnerst du dich? Ich wollte deine Lebensrealität besser verstehen und ich möchte deine Welt, deine Gefühle und vor allem deine Entscheidungen für andere so greifbar wie möglich machen. Ich wollte wissen, wer du wirklich bist.«

-Hölle auf Erden-

Vor mir lag das paradiesische Feld, das ich so gut kannte. Die sanften Hügel waren mit saftigem Gras bedeckt, das sich im leichten Wind wiegte. Bunte Blumen blühten in verschwenderischer Pracht, ihre Farben unter der warmen Sonne leuchtend. Am Rand des Feldes plätscherte eine klare Quelle, deren Wasser im Sonnenlicht funkelte. Die Luft war erfüllt von dem süßen Duft der Blüten und dem sanften Summen der Bienen. Es war ein Ort der Ruhe und des Friedens, ein Bild von Vollkommenheit.

Die Schönheit dieses Ortes war überwältigend. Der Himmel, ein endloses Azurblau, war frei von Wolken, und das Licht, das durch die Blätter der Bäume fiel, erzeugte tanzende Muster auf dem Boden. Ein sanfter Windzug trug den Duft von frisch gemähtem Gras und wilden Kräutern zu mir. Es war das Wunder der Natur in seiner reinsten Form, ein perfekter Moment eingefangen in einem endlosen Sommernachmittag.

Neben mir saß meine Mutter. Ihr Gesicht strahlte vor Zufriedenheit und Stolz, als sie die Hand auf meine Schulter legte. Ihre Berührung war warm und beruhigend, wie eine sanfte Umarmung. »Ist das nicht schön, Yama?«, fragte sie leise, ihre Stimme weich und liebevoll.

Ich zögerte, unsicher, wie ich antworten sollte. Die Schönheit um mich herum war unbestreitbar, doch ein seltsames Gefühl der Unruhe nagte an mir. »Ich...ich bin mir nicht sicher, Mutter«, antwortete ich schließlich, meine Stimme kaum mehr als ein Flüstern. »Ich...ich glaube, ich brauche das alles gar nicht. Ich brauche nur euch, ich brauche nur meine Familie.«

Als ich mich umdrehte, sah ich meine Schwester. Ihr langes, rotes Haar fiel in sanften Wellen über ihre Schultern, doch ihr Gesicht war von Angst gezeichnet. Ihre Augen, die normalerweise vor Lebendigkeit sprühten, waren weit aufgerissen und suchten verzweifelt nach etwas Vertrautem. Mein Herz zog sich schmerzlich zusammen, als ich ihre Furcht spürte.

In diesem Moment bemerkte ich, wie die Hand meiner Mutter auf meiner Schulter fester zudrückte. Was zunächst eine sanfte Berührung gewesen war, wurde allmählich zu einem schmerzhaften Griff. Die Intensität des Schmerzes nahm zu, je fester sie zudrückte, bis es unerträglich wurde. Der Schmerz durchbrach die Idylle meines Traums und riss mich mit einem Schrei aus dem Schlaf.

Mit klopfendem Herzen und schweißnasser Stirn saß ich in meinem Bett aufrecht. Der Raum um mich herum war dunkel und still, doch der Schmerz auf meiner Schulter fühlte sich noch immer erschreckend real an. Die Vision des Feldes und meiner verängstigten Schwester verblasste allmählich, aber die Frage meiner Mutter hallte noch lange in meinem Geist nach: »Ist das nicht schön?«

»Nein«, flüsterte ich in die Dunkelheit. »Überhaupt nicht.«

Noch benommen vom plötzlichen Erwachen, nahm ich weitere Schreie wahr. Zuerst dachte ich, es wären bloß die Echos meines eigenen Schreis, der mich aus dem Schlaf gerissen hatte, doch schon bald erkannte ich, dass diese Schreie von woanders kamen. Mein empfindliches Gehör nahm die gedämpften Laute aus dem Keller wahr. Es war der Bettler.

Seine Schreie waren voller Verzweiflung und Angst. Sie durchdrangen die dicken Wände des Hauses und schienen die stille Nacht zu zerreißen. Es war ein Klagelied der Hoffnungslosigkeit, ein flehentlicher Ruf nach Erlösung aus einem endlosen Albtraum. In seinen Schreien hörte ich die verzweifelte Unruhe eines Menschen, der gegen sein Schicksal ankämpfte und nicht in der Lage war zu akzeptieren, dass sein Leiden unausweichlich war. Menschen wehren sich oft naiv gegen das Unvermeidliche und klammern sich an ihren letzten Funken Hoffnung, auch wenn diese längst erloschen sein sollte.

Ich schüttelte den Kopf, um die bleierne Müdigkeit zu vertreiben, und griff nach meinem Handy. Mein Blick glitt kurz über die Uhrzeit auf dem Bildschirm – es war mitten in der Nacht. Ich tippte eine kurze Nachricht an Chio: »Beruhige den Gefangenen. Sofort.«

Nur wenige Augenblicke später vibrierte mein Handy mit der Antwort. Chios Nachricht war, wie immer, voller kindlicher Emojis: ein zwinkerndes Gesicht, ein Daumen hoch und ein schlafendes Gesicht. »Keine Sorge, ich kümmere mich darum«, schrieb sie.

Ich legte das Handy beiseite und seufzte. Die Schreie des Bettlers verklangen langsam, als Chio ihre Aufgabe erfüllte. Die Stille kehrte zurück, doch die Unruhe in mir blieb. Ich versuchte, die Worte meiner Mutter und die Bilder des Traums aus meinem Kopf zu verbannen, doch sie ließen sich nicht so leicht abschütteln. Die Visionen von Frieden und Familie waren trügerisch, eine Illusion, die nur für einen Moment hielt, bevor die Realität des Schmerzes und der Verzweiflung wieder Einzug hielt. Die Welt war nicht schön, zumindest nicht für Menschen wie den Bettler im Keller, die vergebens gegen ihre Ketten ankämpften, nur um zu entdecken, dass diese unzerbrechlich waren.

Schlaf fand ich keinen mehr. Der Traum und die Schreie aus dem Keller hatten mich vollständig wachgerüttelt. Stattdessen setzte ich mich also an meinen

Schreibtisch. Ich steckte ein paar leere Blätter in meine Schreibmaschine und begann zu tippen. Die Worte flossen, während ich über die schmalen Grenzen zwischen Leben und Tod nachdachte, über die Entscheidungen, die wir treffen mussten, und über die Last, die diese mit sich brachten.

Doch immer wieder wurde ich unterbrochen von dem stechenden Schmerz in meiner Schulter, der mich aus dem Schlaf gerissen hatte. Es war, als hätte sich die Hand meiner Mutter in mein Fleisch gegraben, ein ständiges, wenn auch unsichtbares Mahnmal des Traums und seiner Bedeutung. Ich massierte die schmerzende Stelle, doch die Erleichterung war nur von kurzer Dauer. Der Schmerz kehrte immer wieder zurück, als wollte er mich daran erinnern, dass es Dinge gab, die ich nicht ignorieren konnte – Entscheidungen, die nicht aufgeschoben werden konnten. Meine Rechtschreibung wurde zunehmend fahriger, als ich versuchte, den Schmerz zu ignorieren und meine Gedanken zu ordnen. Doch es war vergebens. Der Schmerz in meiner Schulter ließ mich nicht los, genauso wenig wie die düsteren Gedanken über Leben und Tod, die sich in meinen Kopf einnisteten. Schließlich schob ich die Schreibmaschine ein Stück von mir weg, lehnte mich zurück und starrte auf das halbvolle Blatt Papier vor mir, ohne es wirklich wahrzunehmen. Die Nacht zog sich in die Länge und ich wusste, dass der Schlaf nicht zurückkehren würde.

Der Schmerz, den ich spürte, war ein ständiger Begleiter, ein stummer Zeuge meiner inneren Unruhe und der Entscheidungen, die noch getroffen werden mussten.

Eine undefinierbare Zeit später wurde die Stille der Nacht plötzlich von einer leisen, jedoch eindringlichen Stimme durchbrochen. »Warum verschwendest du deine Zeit mit dem Schreiben, Yama?«, fragte sie spöttisch.

Ich hob meinen Blick vom Papier und sah neben mir eine Erscheinung, die mich sofort erstarren ließ. Ein drachenähnliches, waberndes Monster schwebte dort nah an meinem Gesicht. Seine schwarzen Schuppen glitzerten unheilvoll im Mondlicht, das durch mein Fenster strömte, und seine violetten Augen funkelten bedrohlich. Ich schüttelte den Kopf und versuchte, mich zu sammeln. »Du bist nicht real. Du bist nur ein Produkt meiner Gedanken. Ich habe es dir schonmal gesagt, du sollst mich endlich in Ruhe lassen.«

Das Monster lachte leise, ein Geräusch, das mir einen Schauer über den Rücken jagte. »Glaubst du wirklich, dass ich einfach verschwinden werde? Du kannst mich nicht ignorieren, Yama. Ich bin schließlich hier, um dich zu beschützen.«

»Beschützen?«, wiederholte ich ungläubig. »Du machst mich krank! Du machst mich verrückt! Wann verstehst du das endlich?«

Das Monster neigte den Kopf und beobachtete mich mit seinen durchdringenden Augen. »Und was, wenn das, was du fühlst, real ist? Was, wenn der Schmerz in deiner Schulter ein Zeichen von einer schlimmen Krankheit ist? Ich will dich doch nur davor bewahren. Vielleicht solltest du nachsehen.«

Meine Hand wanderte unbewusst zu meiner schmerzenden Schulter, tastete die Stelle ab, bis der Schmerz sich verstärkte. »Es ist nichts«, murmelte ich, doch meine Finger suchten weiter, als könnten sie die Ursache meiner Angst greifen.

»Du solltest im Internet recherchieren«, drängte das Monster. »Finde heraus, was es sein könnte. Was, wenn es etwas Schlimmes ist? Du musst vorbereitet sein. Sicher bekommst du dort sinnvolle Informationen, die uns Sicherheit bieten.«

»Nein«, widersprach ich schwach, doch die Versuchung war groß. Mein Herz begann schneller zu schlagen und ich spürte, wie sich meine Atmung beschleunigte. »Das macht alles nur schlimmer.«

»Was, wenn du falsch liegst?« Das Monster beugte sich näher zu mir, seine Augen glühten in einem unheilvollen Violett. »Was, wenn du etwas übersehen hast? Es könnte etwas Ernstes sein, das weißt du, es ist nicht unmöglich. Bist du bereit, dieses Risiko einzugehen?«

Ich zitterte und griff nach meinem Handy. Die Worte des Monsters hallten in meinem Kopf wider. Doch bevor ich die Suchmaschine öffnen konnte, zwang ich mich, das Gerät zur Seite zu legen. »Nein. Ich werde dir nicht nachgeben.«

Das Monster zog sich ein Stück zurück, seine Augen weiterhin fest auf mich gerichtet. »Du kannst mich nicht ignorieren, Yama. Ich bin immer hier. Und ich werde immer da sein, um dich zu warnen.«

Ich schloss die Augen und atmete tief durch, versuchte, meine Gedanken zu beruhigen. »Vielleicht. Aber ich werde nicht zulassen, dass du mein Leben bestimmst.«

Das Monster verzog sein Maul zu einem dünnen Lächeln. »Das werden wir sehen.« Und mit diesen Worten verblasste es langsam, ließ mich allein in der Stille der Nacht zurück. Doch ich wusste, dass es nur eine Frage der Zeit war, bis es wieder auftauchen würde, um erneut seine Zweifel und Ängste zu säen.

Ich saß regungslos auf meinem Stuhl, zwang mich, ruhig zu bleiben und mir einzureden, dass alles in Ordnung war. »Es ist immer so«, flüsterte ich mir zu, doch meine Hände suchten erneut den schmerzenden Punkt an meiner Schulter. Der Schweiß perlte auf meiner Stirn, mein Herz raste. Worst-Case-Szenarien durchzuckten meinen Verstand wie Blitze in einer stürmischen Nacht. Was, wenn ich sterben würde? Was, wenn es etwas Ernstes war? Meine Pläne würden unerfüllt bleiben, mein Leben abrupt enden. Ich sprang auf und verließ mein Schlafzimmer. Im Wohnzimmer fand ich Chio. Sie kniete sich sofort vor mir nieder, halbnackt und ein Halsband um ihren Hals tragend. Ihr Haar fiel wild um ihr Gesicht und ihre Augen suchten meine.

»Was machst du, Meisterin?«, fragte sie leise, in ihrer Stimme ein Hauch von Sorge. Die nun durchs Fenster scheinenden morgendlichen Sonnenstrahlen ließen ihre blauen Augen funkeln.

»Ich habe Termine«, antwortete ich knapp. »Ich werde abends zurück sein. Kümmere dich um das Übliche im Keller.«

Sie nickte. »Soll ich sonst noch etwas tun?«, fragte sie, ihre Stimme dabei leicht zitternd.

»Nein, nur das Übliche«, wiederholte ich und wandte mich ab. Ich konnte mich jetzt nicht weiter damit beschäftigen. Ich griff nach meiner Tasche und verließ das Haus. Im Auto kämpfte ich gegen die aufkommende Panik, konzentrierte mich auf die Straße. Das Monster tauchte im Rückspiegel auf und seine Augen fixierten mich, als wollte es mich in den Wahnsinn treiben. Im Wartezimmer meiner Hausarztpraxis saß ich nervös auf meinem Platz, spürte die Blicke der anderen Patienten auf mir. Das Monster setzte sich neben mich, unsichtbar für die anderen, aber für mich so real wie die kühle Luft in dem sterilen Raum.

»Was, wenn der Arzt etwas findet?«, flüsterte es. »Was, wenn du unheilbar krank bist?«

Ich schüttelte den Kopf, versuchte die Worte zu ignorieren, aber mein Körper reagierte unkontrolliert. Der Schmerz in meiner Schulter schien intensiver zu werden, mein Atem stockte.

Die Sekunden zogen sich in die Länge, jede Minute schien eine Ewigkeit. Ich sah mich um; die anderen Patienten wirkten gelassen, als hätten sie nichts zu befürchten. Das Monster grinste mich an. »Siehst du? Alle anderen sind in Sicherheit. Aber du, du bist sicher die Ausnahme.« Endlich rief mich der Arzt auf. Die Untersuchung verlief schnell und gründlich. Ich erzählte ihm von meinen Symptomen, meine Stimme bebte leicht.

»Alles sieht unauffällig aus«, sagte er mit sanfter Stimme. »Sie sollten sich keine Sorgen machen.« Er sah den Zweifel in meinen Augen und fügte hinzu: »Aber ich denke, es wäre gut, wenn Sie psychologische Hilfe in Anspruch nehmen würden. Ihre Ängste scheinen tief verwurzelt zu sein.« Ich schüttelte den Kopf.

»Mein Kopf wird schon funktionieren«, entgegnete ich und stand auf, bereit, die Praxis zu verlassen. Das Monster folgte mir in Gedanken, seine Stimme leise und sarkastisch. »Du kannst es dir einreden, wie du willst, aber ich glaube nicht, dass dein Kopf so funktioniert, wie du es dir wünschst.« Ich ignorierte es, stieg ins Auto, fuhr zu meinem wichtigsten Termin an diesem Tag und versuchte, die Dunkelheit der Angst aus meinem Geist zu verbannen. Doch das unheimliche Gefühl, dass das Monster recht hatte, verließ mich nicht.

Das Fernsehstudio, in welchem ich einige Stunden später saß, war erfüllt von den blendenden Strahlen der Scheinwerfer, die mich und den Moderator in ein scharfes, helles Licht tauchten. Die Kameraobjektive glotzten uns an wie große, neugierige Augen und das Publikum saß dicht gedrängt vor mir, aber die aufmerksamen Blicke konnte ich nur vage aus meinem peripheren Sehen wahrnehmen. Die Atmosphäre war eine Mischung aus Spannung und Aufregung, vermischt mit der routinemäßigen Kühle eines Live-Fernsehprogramms. Der Moderator, ein gut gekleideter Mann mittleren Alters mit einem freundlichen, aber professionellen Lächeln, blickte mich erwartungsvoll an.

»Herzlich willkommen, Yama. Es ist uns eine große Freude, Sie heute Abend hier zu haben. Sie sind bekannt als eine der erfolgreichsten Autorinnen unserer Zeit; ihr erfolgreichstes Buch, *Das Mädchen in Ketten*, wurde millionenfach verkauft und Ihr neu angekündigtes Buch hat bereits jetzt große Aufmerksamkeit und Nachfrage erregt. Und das alles im erstaunlich jungen Alter von 28 Jahren. Erzählen Sie uns neugierigen Fans doch bitte, worum es in Ihrem neuen Werk gehen wird.«

Ich zwang mich zu einem authentischen Lächeln, während ich mich zurücklehnte, um einen Hauch von Gelassenheit zu vermitteln. »Vielen Dank für diese netten Worte. Mein neues Buch dreht sich um die extremen Entscheidungen, die Menschen in Ausnahmesituationen treffen müssen – insbesondere darüber, wer leben darf und wer sterben muss. Es ist eine tiefgehende Untersuchung von Moral und Ethik in den dunkelsten Momenten. Natürlich will ich nicht zu viel verraten, damit die Leser selbst erleben können, wie diese komplexen Themen behandelt werden.«

Der Moderator nickte anerkennend, sein Lächeln breitete sich noch mehr aus. »Ihre Werke sind bekannt für ihre Authentizität und Tiefe. Was ist Ihr Geheimnis, um diese Realitätsnähe zu erzeugen?«

»Nun, es ist eine Mischung aus persönlichen Erfahrungen und intensiver Beobachtung«, sagte ich und versuchte, einen bescheidenen Tonfall anzunehmen. »Meine Vergangenheit war durchaus turbulent und voller Herausforderungen. Diese Erlebnisse haben mir einzigartige Einblicke gegeben, die ich in meine Geschichten einfließen lasse. Die Wahrhaftigkeit, die Sie spüren, kommt von einem tiefen Verständnis für die menschliche Natur.«

Der Moderator schien beeindruckt. »Das ist wirklich bemerkenswert, besonders wenn man bedenkt, dass Sie aus schwierigen Umständen stammen und sich nun in Utopia etabliert haben. Ihre Reise ist eine inspirierende Geschichte. Wie stehen Sie als ehemaliger Flüchtling zu den aktuellen politischen Gegebenheiten?«

»Ich versuche, mich aus der Politik herauszuhalten«, antwortete ich, wobei ich innerlich den Drang verspürte, vorsichtig zu sein. »Jedoch wäre es wünschenswert, wenn die 99 *Separated States* endlich Frieden schließen könnten. Sollte das nicht möglich sein, hoffe ich wenigstens, dass wir den Menschen im Chaos eine Perspektive bieten können – einen Weg, sich einem Staat anzuschließen und ihnen eine Zukunftsperspektive zu geben. Schließlich bin ich selbst ein Beispiel dafür, wie man aus schwierigen Umständen herauskommen kann.«

Das Publikum reagierte mit einem wohlwollenden Applaus, dessen Wärme ich spürte. Doch tief in meinem Inneren schlich sich das Monster, das schon so lange in meinem Kopf lauerte, zurück. Seine Stimme war ein Flüstern, das immer lauter wurde, während ich versuchte, ruhig und gelassen zu bleiben.

»Was nützt das alles? Selbst wenn es Frieden gibt, wird alles irgendwann enden. Die Menschen, ihre Hoffnungen, ihre Träume – sie sind alle vergänglich. Warum siehst du das nicht endlich ein?« Das Monster manifestierte sich in meinem Inneren wie ein lebendig werdender Albtraum. Es war eine dunkle, schattenhafte Gestalt, die sich durch die Ritzen meines Bewusstseins schob. Seine Stimme war kein normales Geräusch, sondern ein tiefes, hallendes Echo, das wie eine endlose Spirale in meinem Kopf widerhallte. »Alles, was du tust, wird nutzlos sein. Nichts von all dem hat irgendeine Bedeutung. Das weißt du doch tief in deinem Inneren, nicht wahr?«

Jede Frage, die es mir stellte, trug die Schwere des Unausweichlichen. Es malte mir Bilder des Verfalls und des Endes aus, von einer Welt, in der all unsere Mühen und Hoffnungen sich letztlich in Nichts auflösten. »Sogar wenn du persönlich den Frieden bringst, wird das nicht für immer halten. Die Menschen werden sterben und deine Geschichten, deine Bücher – sie werden irgendwann vergessen werden. Was bringt es, sich noch weiter anzustrengen?« Seine Stimme war durchzogen von einem bitteren Zynismus, der mir den Atem nahm. »Du versuchst, dich selbst und andere zu täuschen, aber die Realität ist, dass nichts von Dauer ist. Die Menschen, ihre Träume, alles – es wird irgendwann enden.«

Gerade als die Gedanken des Monsters am lautesten waren, begann der Moderator, sich für den Abschluss des Interviews vorzubereiten. »Es war uns eine große Freude, Sie hier zu haben, Yama. Vielen Dank, dass Sie sich die Zeit genommen haben, um mit uns zu sprechen. Wir wünschen Ihnen viel Erfolg mit Ihrem neuen Buch.«

Ich erhob mich, um mich von den Zuschauern zu verabschieden, und während ich die Bühne verließ, blieb das Monster an meiner Seite. Seine zynischen Flüstereien begleiteten mich wie ein Schatten und ich konnte meinen Kiefer nicht mehr ganz entspannen. Trotz des Applauses und der äußeren Anerkennung fühlte ich mich innerlich angegriffen, als ob jede positive Fassade durch die gnadenlosen Zweifel und Ängste in meinem Kopf in Frage gestellt wurde. Die Leere und Sinnlosigkeit, die mir das Monster immer wieder ins Ohr flüsterte, ließen mich an allem zweifeln, was ich erreicht hatte.

Als ich endlich nach Hause kam, war ich so erschöpft und gestresst, dass ich die Welt um mich herum kaum noch wahrnahm. Die Tür fiel hinter mir ins Schloss und ich stürmte in die Küche, als ob ich auf der Flucht vor irgendetwas wäre. Meine Hände zitterten leicht, als ich die Schränke durchsuchte, um etwas zu essen zu finden. Schließlich nahm ich mir eine Flasche Wein aus dem Kühlschrank und stellte sie auf den Tisch.

Mein Blick fiel auf die Flasche, während ich sie mit einem ruckartigen Zug öffnete und den ersten Schluck nahm. Die Wärme des Weins breitete sich in meinem Körper aus, aber es war nur ein kurzer Moment der Erleichterung. Der Stress und die Kälte der

Sendung, gepaart mit dem ständigen Murmeln des Monsters in meinem Kopf, schienen sich in meiner Brust zu stauen. Ich setzte mich an den Tisch und begann, nervös an meinen Haaren herumzuspielen. Die weißen Strähnen schienen in der gedämpften Beleuchtung der Küche fast wie Geisterfäden zu leuchten. Ich ließ meine Finger durch die feinen Strähnen gleiten, als ob ich durch diese einfache, repetitive Handlung etwas von meinem inneren Chaos kontrollieren könnte.

Chio, die in der Küche beschäftigt war, starrte mich besorgt an. Ihre Augen waren groß und unsicher, als sie bemerkte, wie ich mich aufgeregt hin- und herbewegte. Schließlich konnte sie ihre Besorgnis nicht länger verbergen. »Meisterin, ist alles in Ordnung? Du siehst...nun ja, nicht gerade gut aus.«

Ich reagierte nicht sofort. Stattdessen ließ ich meinen Blick auf dem Tisch ruhen und versuchte, mich zu beruhigen. Als ich mich endlich zu ihr umdrehte, spürte ich, wie die Erschöpfung in mir ausbrach. »Wie steht es um den Gefangenen? Ist er ruhig?«

Chio sah mich mit einer Mischung aus Stolz und Zufriedenheit an, als wäre sie bereit, ihren letzten Triumph zu verkünden. »Ja, ich habe ihn geknebelt und ihm in die Eier getreten. Jetzt ist er ruhig. Kein weiteres Geschrei mehr.«

Ich konnte keinen Enthusiasmus für ihre Beschreibung aufbringen. Ihre Worte, die so routiniert und fast erfreut klangen, schienen in meinem Inneren einen weiteren Nerv zu reizen. Anstatt ihre Begeisterung zu erwidern, ließ ich meinen Blick schweifen, ohne etwas zu sagen. Chio warf einen besorgten Blick auf mich, bevor sie sich langsam und respektvoll vor mir auf den Boden kniete. Ihre Geste war nicht nur ein Ausdruck ihrer Unterwürfigkeit, sondern auch ihres tiefen Wunsches, mir zu gefallen und mich zu beruhigen. Sie wirkte wie eine Schülerin, die auf die Anerkennung ihres Lehrers hofft, während sie mich schweigend anstarrte.

Das Bild von Chio, die kniend vor mir saß, war eine Mischung aus beunruhigender Demut und absurder Normalität. Es erinnerte mich an die ungeheuerlichen Dilemmas meines eigenen Lebens – Dinge, die ich nicht ändern konnte und die sich immer mehr wie ein dunkler Schleier über mein Herz legten. In diesem Moment war es schwierig zu entscheiden, ob Chios Verhaltensweise mich beruhigte oder noch mehr in die Verzweiflung stürzte.

Das Gefühl, das mich überkam, war weniger eine Reaktion auf Chios Handlungen, sondern vielmehr die Reflexion meiner eigenen inneren Kämpfe und der immer lauter werdenden Zweifel, die mich in den Wahnsinn trieben. In dem stillen, aber dennoch lauten Raum meiner Küche schien jede kleine Geste, jedes Wort, das ich sprach oder nicht sprach, durch die verzerrte Linse meiner eigenen Ängste gefiltert zu werden.

Gleichzeitig breitete sich das Gefühl der Erschöpfung immer weiter in meinem Körper aus, bis es so erdrückend war, dass ich mich kaum auf den Beinen halten konnte. Die schleichende Müdigkeit und der Stress des Tages hatten ihre Spuren hinterlassen. Die vertrauten Gerüche meines Zuhauses, die normalerweise beruhigend wirkten, schienen heute nur noch meine innere Unruhe zu verstärken. Die Küche war wie ein Bild aus einer anderen Welt, in der ich mich fremd und unbehaglich fühlte.

Meine Hände suchten instinktiv wieder nach etwas Beruhigendem – der Flasche Wein, die ich irgendwo abgestellt hatte, oder etwas zu essen – aber selbst die Routine dieses einfachen Aktes schien nichts zu bewirken. Die Gedanken in meinem Kopf waren wie wirbelnde Stürme, die sich gegenseitig hochschaukelten. Nervös zog ich an meinen Haaren, die mir ständig ins Gesicht fielen, und versuchte verzweifelt, die Kontrolle zurückzugewinnen.

Chio stellte sich wieder hin, sichtbar nervös. Ich konnte ihre tiefe Besorgnis spüren, doch ich hatte in dem Moment keine Kraft, darauf zu reagieren. Sie schien sich nicht sicher zu sein, ob sie mich erneut ansprechen sollte oder nicht.

»Meisterin...«, begann sie schließlich leise, ihre Stimme vor Anspannung zitternd. »Du siehst...du wirkst so gestresst. Was ist los?« Ihre Frage war fast ein Flüstern und ihre Augen suchten verzweifelt nach einer Antwort.

Ich antwortete nicht sofort. Stattdessen wandte ich mich abrupt vom Kühlschrank ab und drehte mich zu ihr. Der Drang, meine eigenen Ängste zu verbergen, ließ mich kalt und unnachgiebig erscheinen.

»Wie geht es dem Gefangenen?« fragte ich schroff, ohne auf ihre Besorgnis einzugehen. Meine Stimme war schneidend und forderte eine Antwort.

»Oh, er ist ruhig...sehr ruhig«, sagte sie erneut mit einem aufrichtigen Stolz, der in ihren Worten mit-schwang, doch dieses Mal war auch ein Hauch von Verwirrung dabei. »Aber das hast du mich doch schon gefragt.« Ich blickte sie nur fragend an, also fuhr sie fort. »Ich habe ihn ja geknebelt und ihm in die Eier getreten. Jetzt wird er definitiv eine Weile still sein.«

Da klingelte es wieder. Ihre Beschreibung war auch dieses Mal von schüchternem Stolz geprägt, doch ich konnte mich nicht für ihre Bemühungen erwärmen. Ich ging stattdessen angestrengt zur Couch und ließ mich dort nieder.

»Was ist denn noch?«, fragte ich scharf, als Chio mir vorsichtig folgte. Meine Geduld war am Ende. Sie kniete sich erneut vor mir auf den Boden und suchte in meinem Gesicht nach Sicherheit. Ihre Augen waren jetzt voll von schierer Verzweiflung.

»Meisterin, ich...«, begann sie, aber die Worte kamen stockend. Ihre Nervosität war jetzt fast greifbar; die Luft um sie herum schien zu vibrieren. »Ich...also...ich habe Angst. Wenn du so oft weg bist...was, wenn jemand anderes kommt? Was, wenn du mich ersetzt? Ich...ich brauche dich. Nur dich.« Ihre Stimme zitterte und sie zog die Ketten, die sie trug, enger zusammen. Es war offensichtlich, dass ihre eigene Unsicherheit sie quälte. Ihre Ängste waren auf ihre Weise sehr real und nahmen immer mehr Gestalt an.

»Pssst«, flüsterte ich beruhigend, aber mit einer festen Autorität. Mit einem deutenden Finger signalisierte ich ihr, dass sie sich zu mir setzen sollte. Ihre großen, unsicheren Augen suchten Trost. Als sie sich zwischen meine Beine setzte, den Rücken an meine Brust gelehnt, fühlte ich eine merkwürdige Mischung aus Macht und Verantwortung. Die Berührung war sowohl beruhigend als auch herausfordernd. Meine Hände glitten sanft über ihren Körper, begannen aber zunehmend fester und bestimmter zu werden. Die Berührung war ein Balanceakt zwischen Kontrolle und Fürsorge. Eine meiner Hände wanderte langsam und gezielt zwischen ihre Beine. Ihre Reaktion ließ nicht lange auf sich warten; ein leises Stöhnen entfuhr ihr, das mir zeigte, wie stark ihre Empfindungen waren. Die Intensität wuchs schnell. Meine Bewegungen wurden fordernder und ich packte sie mit der anderen Hand fest am Hals.

»Alles gut«, flüsterte ich ihr ins Ohr, mein Ton dabei fest, aber sanft. Die Dominanz in meiner Stimme war unverkennbar. Meine Berührungen wurden härter und ich erhöhte sowohl den Druck als auch die Geschwindigkeit, während ich ihren Kopf zu mir drehte und sie leidenschaftlich küsste.

»Keine Angst«, sagte ich, während meine Hände immer schneller und entschlossener arbeiteten. »Du bist mein. Du bist mein Besitz. Nur du wirst es sein. Ich werde dich beschützen und dir einen Sinn geben.«

Meine Berührungen wurden noch intensiver, mein Griff an ihrem Hals noch fester. Die Kontrolle, die ich über sie hatte, spürte ich deutlich in jedem Muskel meiner Hand. Ich steckte meine Finger in ihren Mund und meine Bewegungen wurden noch schneller, als ich sie zwischen ihren Beinen behandelte. Ihr Stöhnen wurde lauter, intensiver, und ich spürte, wie sie sich vollständig fallen ließ. Die Kontrolle, die ich über sie hatte, ließ mich aggressiver werden. Ich schlug sie sanft ins Gesicht, ein Zeichen meiner Macht, während ich ihre Reaktionen weiterhin genau beobachtete.

»Wem dienst du?«, fragte ich mit einem herrischen Tonfall.

»Nur dir«, keuchte sie, ihre Antwort ein schwaches, aber entschlossenes Bekenntnis.

»Wem gehörst du?«, fragte ich weiter, meine Stimme ein Ausdruck völliger Dominanz.

»Nur dir«, antwortete sie, ihre Stimme eine Mischung aus Schmerz und Hingabe.

»Du wirst niemals mehr zweifeln. Du bist die Einzige und du wirst immer die Einzige sein«, sagte ich, während ich sie festhielt.

Ich spürte die Spannung in ihrem gesamten Körper, als der Höhepunkt nahte. Danach antwortete sie auf meine Fragen mit einem erschöpften »Ja«, und ihre Reaktionen wurden allmählich sanfter. Die Intensität der Situation ließ nach und ich konnte spüren, wie sie sich langsam beruhigte.

Nach einigen Minuten drehte sich Chio zu mir um. Ihre Hände suchten mein Gesicht und ihre Worte waren eine Mischung aus Hingabe und Schmerz: »Ich bin dein, benutze mich, ich mache alles für dich und ich werde dir überall hin folgen, sogar in den Tod.«

Ich ließ ihre Worte wirken, dann beugte ich mich vor und gab ihr einen sanften Kuss auf die Stirn. »Braves Mädchen«, murmelte ich, während ich mich von ihrem verschwitzten Körper erhob und mich von dem Moment der Intensität zurückzog. Während dieser gesamten Machtdemonstration hatte das Monster sich nicht blicken lassen. Seine Präsenz war nicht nötig oder gar nicht existent gewesen, als ob die Intensität unserer Interaktion genug gewesen war, um alle anderen Gedanken zu verdrängen. Die Stille, die folgte, war eine Art Erlösung, ein ruhiger Moment nach der intensiven Konfrontation, der uns beide umhüllte.

Der Gang zum Keller schien an diesem Tag noch bedrückender als sonst. Die feuchten Wände waren von grauen Flecken und schmutzigen Ablagerungen gezeichnet und das leise Tropfen von Wasser hallte wie ein ständiges, unheilvolles Flüstern durch die düsteren Räume. Der muffige Geruch von Moder und abgestandenem Blut vermischte sich mit dem metallischen Aroma des Schweißes, das aus dem Kelleraufgang emporstieg. Es war, als ob die ganze Umgebung das Gefühl von Qual und Verzweiflung in sich aufgesogen hatte. Das Monster in meinem Kopf war aus seiner Pause zurückgekehrt und begann erneut zu flüstern. »Wie kannst du dich noch im Spiegel ansehen? Wie kannst du dir selbst ins Gesicht blicken, nachdem du all das getan hast?«

»Halt die Klappe«, murmelte ich, während ich mich zu dem Raum bewegte, in dem Mike gefesselt war. Sein ständiges Wimmern hallte schwach durch den dunklen Korridor, eine traurige Melodie des Schmerzes, die mit jedem Schritt lauter wurde.

Als ich die Tür zum Folterraum öffnete, wurde ich von der eisigen, feuchten Luft begrüßt. Der Raum war klein und trostlos, die Wände schimmelig und fleckig. In der Mitte stand Mike, angekettet und aufrecht an einen Pfosten gebunden. Die Ketten schnitten in seine Haut und die blutigen Abdrücke zeugten von den vielen Stunden, die er bereits durchlitten hatte. Seine Augen waren weit aufgerissen, von Angst und Verzweiflung erfüllt. Sein Atem ging stoßweise, jeder Hauch ein Beweis für die Schmerzen, die ihn durchzogen.

Ich ging langsam zu einem Tisch, der mit verschiedenen Folterinstrumenten bedeckt war. Ein Messer, scharf und kalt, lag da wie ein stummer Zeuge der bevorstehenden Qualen. Als ich das Messer ergriff, fühlte ich das Gewicht der Klinge in meiner Hand, die sich wie ein vertrauter Freund anfühlte. Der Klang des Metalls, das über den Tisch glitt, hallte in der stillen Dunkelheit wider.

Langsam und mit einem möglichst verständnisvollen Gesichtsausdruck ging ich zurück zu Mike. Er schaute mich mit einem Blick an, der von reinem Entsetzen und Verwirrung geprägt war. »Was willst du von mir?«, flehte er, seine Stimme kaum mehr als ein krächzendes Flüstern. »Was habe ich dir getan?«

»Gar nichts«, sagte ich kühl, während ich das Messer näher an seine Haut führte. Der erste Schnitt war präzise und schmerzhaft. Ein roter Strahl Blut quoll aus der Wunde und lief über seine Haut. Mike schrie auf; die gequälten Laute hallten durch den Raum und vermischten sich mit den bleiernen Geräuschen der Ketten, die gegen die Metallpfosten klirrten.

»Du bist in dieser Geschichte nicht der Böse, du bist der Gute. Das wolltest du doch schon so lange wieder sein, oder? Die Leser sehen nur den gebrochenen Mann hier«, erklärte ich, während ich die Klinge mit geübter Hand über seine Haut zog. »Aber sie kennen nicht die ganze Wahrheit. Sie sehen nicht, wie du im Alkoholrausch deine Frau und dein Kind ermordet hast. Sie wissen nichts von deiner Flucht in das Chaos, deiner Feigheit, deiner Verwandlung vom einstigen Familienvater zum Bettler.«

»Woher weißt du das?«, keuchte Mike, seine Augen weit vor Schock. »Woher...woher weißt du von meiner Vergangenheit?«

»Es ist eine Frage der Perspektive«, sagte ich, seine Frage ignorierend, während ich die Klinge ein weiteres Mal in seine Haut drückte. Das Messer hinterließ noch mehr blutige Spuren. »Wenn die Leser diese Informationen wüssten, würdest du nicht als Opfer dastehen. Du wärst Abschaum, den sie verachten. Sie wollen klare Rollen: Gut gegen Böse, Opfer gegen Täter. Sie wollen keine komplizierten, unangenehmen Wahrheiten. Wie die Wahrheit, dass der kleine Junge, den du gestern dem gesunden alten Mann vorgezogen hast, todkrank war. Oder die Wahrheit, dass der Polizist, den du erst nach zwei weiteren Opfern getötet hast, in Wahrheit mehrere Kinder aus dem Chaos missbraucht hatte.«

Ich machte eine kurze Pause, um die Klinge abzuwischen und meine Notizen zu ergänzen. Die Details waren mir wichtig – jede Bewegung, jeder Schmerzensschrei, jede Reaktion. Ich schrieb akribisch auf, wie Mike auf die Folter reagierte; seine Schreie, seine Versuche, mich zu verstehen. Ich las laut vor, was ich geschrieben hatte, um sicherzustellen, dass nichts Wichtiges fehlte.

»Das ist nichts Persönliches«, sagte ich schließlich, als ich wieder zu ihm ging. »Du bist nicht besser oder schlechter als andere. Du bist einfach eine Konsequenz von vielen Ursachen, wie wir alle. Schuld, Grausamkeit, Gut oder Böse – das sind nur Begriffe, die wir verwenden, um das Leben zu vereinfachen. In Wirklichkeit zählen nur die Taten und ihre Folgen.«

Mike, inzwischen vollständig erschöpft und von Blut bedeckt, wimmerte und flehte um Gnade. »Bitte...hör auf. Ich...ich weiß, ich verdiene das...ich wünsche mir in jeder Sekunde meines Lebens, ich hätte es nicht getan...aber bitte...ich...ich kann nicht mehr...«

»Du wirst hier sterben«, sagte ich leise, während ich vor ihm stand, die Klinge immer noch in meiner Hand. »Nicht als böser Mensch, nicht als guter Mensch. Du stirbst, weil ich dich zufällig ausgewählt habe. Es gibt keinen Richter, keinen höheren Plan. Einfach nur bedeutungslosen Zufall.«

Ich stellte mich ihm direkt gegenüber, die Klinge nahe an seinem Gesicht, während ich die Worte sprach. Das Messer war scharf und seine letzten Momente nur noch von Schmerz geprägt. Schließlich ließ ich ihn alleine in der Dunkelheit des Raumes zurück. Seine Schreie wurden immer leiser, während ich die Tür hinter mir schloss und den Keller hinter mir ließ. Sein Tod würde in den nächsten Minuten eintreffen und ihn endlich von seinem qualvollen Dasein erlösen.

-Dunkler Ritter-

Vor mir erhob sich ein massives Tor inmitten einer imposanten Mauer – eine Grenze, die mehr als nur zwei Welten voneinander trennte. Es war eine Schwelle zwischen Sicherheit und Gefahr, zwischen Ordnung und Chaos. Ich betrachtete das Tor und die dahinter liegende unbekannte Welt mit einer Mischung aus Neugier und Furcht. Die Mauer war ein stummer Zeuge der Trennung, ein Monument der Sicherheit für die einen und der Verzweiflung für die anderen. Ihre schier endlosen, grauen Steine strahlten Kälte und Abweisung aus, als ob diese Mauer die letzte Bastion gegen eine unkontrollierbare Welt darstellen würde. Neben mir standen Soldaten in ihren strengen Uniformen, jeder Schritt in perfekter Synchronität, jeder Blick wachsam. Einer von ihnen, ein Mann mit ernstem Gesichtsausdruck und scharfen Augen, trat vor und sprach mit einer Stimme, die jeglichen Widerspruch im Keim erstickte: »Wir können nicht für Ihre Sicherheit garantieren. Haben Sie ihre Waffe jederzeit in Griffbereitschaft.«

Seine Worte hingen in der Luft, schwer und endgültig. Ich nickte, während ich die Realität seiner Aussage verinnerlichte. »Ich bin mir dessen bewusst. Ich werde in zwei Stunden zurück sein.« Meine Stimme klang ruhig, doch in meinem Inneren war ein Sturm der Anspannung.

Der Soldat musterte mich, als ob er nach Anzeichen von Unsicherheit suchte. Dann forderte er: »Sie müssen Ihren Pass abgeben, bis Sie zurückkehren.«

Zögernd zog ich meinen Pass hervor. Dieses kleine Dokument war mehr als nur ein Stück Papier; es war ein Beweis meiner Zugehörigkeit zu Utopia, eine Eintrittskarte zur Sicherheit und zum Wohlstand. Der Soldat nahm den Pass entgegen, seine Augen prüfend. Für einen Moment hielt ich den Atem an, als ob dieser Akt des Loslassens symbolisch für den Übergang selbst wäre.

Mit einem Knarren öffnete sich das große Tor und ein gähnender Abgrund der Veränderung lag vor mir. Ich trat hindurch und spürte sofort die drastische Verschiebung in der Atmosphäre.

Die Welt jenseits des Tores war anders, so anders. Während Utopia geordnet und strukturiert war, strahlte diese neue Welt eine ungezähmte Wildheit aus. Die Luft war dichter, der Himmel schien näher und bedrohlicher. Die Gebäude waren chaotisch angeordnet, viele von ihnen zerfallen oder behelfsmäßig repariert.

Meine Sinne waren geschärft, jeder Geruch, jedes Geräusch intensiver als in der geordneten Welt, die ich verlassen hatte. Hier schien alles eine Geschichte zu erzählen, eine Geschichte von Überleben und Anpassung. Und während ich durch diese neue Welt schritt, fühlte ich die Blicke der Bewohner auf mir ruhen – neugierig, skeptisch, abschätzend.

Ich war ein Fremdkörper in dieser Umgebung, ein Eindringling, der die Grenze überschritten hatte. Doch das war genau das, was ich wollte. Jede Erfahrung, jede Beobachtung würde mich bereichern, meine Geschichten tiefgründiger und realistischer machen. Mit jedem Schritt drang ich tiefer in diese fremde Welt ein, bereit, ihre Geheimnisse zu enthüllen und ihre Lektionen zu lernen.

Das Chaos, das sich vor mir ausbreitete, war ein Meer aus Elend und Verzweiflung. Jeder Schritt brachte mich tiefer in eine Welt, die von den Spuren endloser Kriegsauseinandersetzungen gezeichnet war. Die Straßen waren mit Trümmern übersät und die Gebäude, die noch standen, wirkten wie Geister ihrer früheren Formen – zerfallen, verwittert und voller Narben. Die Wolken waren hier dichter, als ob selbst die Sonne sich scheuen würde, ihr Licht auf diesen verfluchten Ort zu werfen.

Ich sah das Leid überall. Menschen mit ausgemergelten Gesichtern und leeren Augen huschten durch die Straßen, ihre Körper gebeugt unter der Last des

Überlebens. Kinder, deren Kindheit ihnen gestohlen worden war, suchten in den Ruinen nach etwas Essbarem, während ihre Eltern zu geschwächt waren, um noch Hoffnung zu empfinden oder sie ihrem Nachwuchs zu vermitteln. Ein alter Mann saß auf einem Stück Karton und starrte ins Leere, während eine Frau mit aufgesprungenen Lippen versuchte, ihre verhungernden Kinder zu beruhigen. Die Luft war erfüllt von dem Geruch von Verfall und Verzweiflung und ich konnte das leise Weinen und die gedämpften Schreie hören, die von den Straßen widerhallten.

Als ich durch diese Szenerie des Leids ging, streckten Menschen ihre Hände nach mir aus, flehend um Hilfe, doch ihre Kraft reichte nicht aus, um sich mir wirklich zu nähern. Ihre Stimmen waren schwach und ihre Bitten wurden vom Wind getragen, doch verblassten unter seinem Rauschen, als ob selbst dieser keine Lust hatte, sie weiterzuleiten. Die Blicke, die diese Menschen mir zuwarfen, waren ein Gemisch aus Hoffnung und Resignation, eine stumme Anklage gegen eine Welt, die sie vergessen hatte.

Das Monster in meinem Kopf meldete sich, seine Stimme ein bösartiges Flüstern. »Endlich sind wir wieder zu Hause«, sagte es mit einer triefenden Süffisanz.

Ich knirschte mit den Zähnen und antwortete ihm lautlos, aber bestimmt in meinen Gedanken: »Das hier war nie mein Zuhause. Es war nur ein Ort, an dem ich überlebt habe.« Meine Worte waren ein verzweifelter Versuch, mich von der Dunkelheit, die mich zu verschlingen drohte, zu distanzieren.

Der Weg durch diese tristen Straßen schien endlos. Jeder Schritt war ein Kampf gegen die Erinnerungen und den Schmerz, den diese Orte in mir weckten. Doch ich ging weiter, meine Augen fest auf mein Ziel gerichtet, während das Monster unaufhörlich in meinem Kopf nörgelte. Die Gegensätze in mir – die kalte, analytische Beobachterin und die verletzte Seele – kollidierten in einem ständigen Kampf, der mich an den Rand der Erschöpfung trieb.

Schließlich erreichte ich ein heruntergekommenes Haus, dessen Wände von Graffiti und Schmutz bedeckt waren. Es war ein Relikt aus vergangenen Tagen, ein Symbol für die Hoffnung, die einst hier existiert hatte und nun in Trümmern lag. Das Dach war teilweise eingestürzt und die Fenster glichen leeren Augenhöhlen, die stumm in die Welt hinausstarrten.

Das Monster in meinem Kopf lachte spöttisch. »Was hast du hier im Waisenhaus vor? Warum drehst du nicht einfach um? Das willst du doch nicht wirklich, oder?«

Ich ignorierte seine Worte und ging, ohne zu zögern, weiter auf die Tür zu. Der Geruch von Moder und Verfall schlug mir bereits entgegen, doch ich ließ mich nicht beirren. Mit einem letzten tiefen Atemzug betrat ich die düstere Halle, bereit, mich den Geistern der Vergangenheit zu stellen.

Das Flüstern der Kinder und das gelegentliche Rascheln von Stoff drangen an mein Ohr und verstärkten die erdrückende Atmosphäre. Meine Augen gewöhnten sich langsam an das schummrige Licht, das durch die verdreckten Fenster hereinfiel und auf den staubigen Boden schien. In der Ecke kauerten Kinder, ihre Gesichter blass und verängstigt, ihre Augen groß und voller Angst auf mich gerichtet. Der Ausdruck ihrer Unschuld und Verletzlichkeit traf mich tief im Inneren. Ich stand still, meine Hand fest um den Griff meiner Pistole geklammert. Das kühle Gefühl des Metalls unter meinen Fingern beruhigte mich ein wenig. Die Waisenmutter, eine Frau mittleren Alters mit müden Augen und einem Gesicht, das von Kummer und Sorge gezeichnet war, trat zögernd vor. »Bitte«, flehte sie, ihre Stimme brüchig. »Lassen Sie uns in Ruhe. Das sind unschuldige Kinder.«

Ihre Worte klangen in meinen Ohren nach, doch ich wusste, was zu tun war. Mit einem gleichgültigen Ausdruck zog ich die Pistole hervor und zielte auf das Kind, das am nächsten stand. Sein Gesicht war eine Mischung aus Schock und Entsetzen. Ein leises »Nein« entkam seinen Lippen, bevor der Knall der Waffe den Raum erfüllte. Blut spritzte auf den staubigen Boden und der Körper des Kindes sackte leblos zusammen.

Die Waisenmutter schrie auf und Tränen strömten über ihre Wangen, als sie versuchte, die anderen Kinder zu schützen. Doch meine Entschlossenheit war unerschütterlich. Mit einer Kälte, die ich mir selbst nicht zugetraut hätte, richtete ich die Pistole nun auf sie. »Bitte«, bettelte sie nochmals; ihre Stimme brach dabei unter der Last ihrer Verzweiflung. Ich drückte ab und ihr Körper fiel zu Boden. Ein letzter Atemzug verließ ihre Lippen.

Die übrigen Kinder schrien und weinten. Einige versuchten, sich hinter Möbelstücken zu verstecken, doch es gab keinen sicheren Ort. Langsam ging ich durch den Raum, zielte sorgfältig und drückte immer wieder ab. Jeder Schuss war eine weitere Pfütze Blut auf dem Boden, ein weiterer kleiner Körper, der leblos zusammensackte. Ihre Schreie waren wie ein unsichtbarer Dolch, der sich tief in mein Herz bohrte, doch ich ließ nicht zu, dass es mich aus der Fassung brachte.

Nebenbei machte ich mir sorgfältig Notizen. Ich beschrieb die Reaktionen der Kinder, den Verlauf ihrer Bewegungen und die Präzision meiner Schüsse ganz genau. Es war, als würde ich einen wissenschaftlichen Bericht über die Effizienz des Tötens schreiben. Meine Hand zitterte nicht, meine Schrift war klar und deutlich, jede Beobachtung festgehalten mit einer Objektivität, die mich selbst erschreckte.

Ein kleiner Junge mit wilden Locken und großen, fragenden Augen war der Nächste. Sein Blick war voller Angst, aber gleichzeitig kindlicher Neugier, als wolle er den Grund für dieses Grauen verstehen. Mein Herz zog sich zusammen, doch ich hob die Pistole erneut und drückte ab. Ein lauter Knall und er fiel zu Boden. Seine Augen starrten leer an die Decke.

Ein Mädchen mit einem zerrissenen Kleid und schmutzigen Wangen war das nächste Opfer. Ihre Hände umklammerten eine alte Puppe, als ob sie darin Trost finden könnte. Ich schoss und das Blut bespritzte ihre Puppe, die in einem grotesken Bild der Unschuld inmitten des Todes auf den Boden fiel. Wieder machte ich mir Notizen, beschrieb den Gesichtsausdruck des Mädchens, den Winkel, in dem sie fiel, der genaue Rotton ihres Blutes.

Ein Junge, kaum älter als fünf, kauerte in einer Ecke, seine Augen weit aufgerissen vor Angst. Sein kleiner Körper zitterte heftig und als ich mich ihm näherte, begann er leise zu wimmern. »Bitte nicht«, flüsterte er, seine Stimme kaum hörbar. Doch ich blieb unerbittlich. Ein Schuss und schon lag auch er reglos am Boden. Wieder notierte ich die Einzelheiten, meine Hand ruhig und präzise.

Als nur noch ein zitterndes Kind übrig war, versuchte es noch verzweifelt, sich in einer Ecke zu verstecken. Es hatte helle Haut und tiefschwarzes Haar, die blauen Augen panisch und tränend. Langsam ging ich auf es zu, die Pistole in meiner Hand schwer wie Blei. Doch als ich vor dem Kind stand, legte ich die Waffe beiseite und kniete mich nieder.

Mit einer sanften Bewegung legte ich meine Hand auf seinen Kopf. »Du musst keine Angst mehr haben«, flüsterte ich. »Niemand wird dir mehr etwas antun. Ich werde dich beschützen.«

Das Kind schaute zu mir auf. Tränen kullerten über seine Wangen, aber in seinen Augen glomm ein Funke Hoffnung auf. »Ich verspreche es«, sagte ich und zog das kleine Wesen sanft in meine Arme. Seine zitternde Gestalt drückte sich an mich und ich spürte, wie mich eine tiefe Welle der Trauer und Erleichterung überkam.

In diesem Moment, inmitten der Trümmer und des Blutes, schien die Zeit stillzustehen. Das Monster in meinem Kopf schwieg, als ob selbst es von der Intensität dieses Augenblicks ergriffen war. Langsam erhob ich mich, das zitternde Kind in meinen Armen. Ein letztes Mal ließ ich meinen Blick über den Raum schweifen, nahm die grauenvolle Szene in mich auf. Dann rezitierte ich leise ein Gedicht, das mir in den Sinn kam – ein paar Zeilen, die die Vergänglichkeit des Lebens und die Grausamkeit der Welt einfangen sollten. Die Worte füllten den Raum, hallten von den Wänden wider, als ich das Waisenhaus verließ, das Kind fest an mich gedrückt.

»In der Dunkelheit wächst die Saat,
aus Tränen wird der Schmerz gewebt,
die Welt versteht, was niemand ahnt,
das Herz, es blutet, niemals lebt.«

Mit diesen Worten ließ ich das Gemetzel und Blut hinter mir und trat hinaus in die kalte, klare Luft des Chaos, das Kind in meinen Armen. Ich wusste, dass dies erst der Anfang war.

Das Chaos breitete sich um uns aus wie ein lebendiger Albtraum, während ich zusammen mit dem Kind durch die zerbrochenen Straßen ging. Jeder Schritt schien das Flüstern vergangener Schrecken zu wecken und die Schatten der zerstörten Gebäude wirkten wie gespenstische Wächter dieser trostlosen Welt. Das Kind, das ich nun an der Hand hielt, war die ganze Zeit über erstaunlich still. Seine Augen, weit und wachsam, verfolgten jede Bewegung um uns herum, als ob es die Gefahr in jedem Winkel witterte.

Seine kleinen Finger klammerten sich fest an meine, die einzige Verbindung zu einer möglichen Sicherheit. Trotz der kalten Luft war seine Hand feucht vor Angst. Ich beobachtete das Kind aus den Augenwinkeln, bemerkte, wie es immer wieder zu mir aufschaute, die Augen fragend und dennoch voller Vertrauen. Es war ein zarter Hoffnungsschimmer inmitten dieser Dunkelheit.

Die Straßen waren übersät mit Schutt und Asche, die Überreste dessen, was einst eine blühende Stadt gewesen sein mochte. Jetzt war es nur noch eine Ruine, bewohnt von Geistern der Vergangenheit und jenen, die im Schatten überlebten. Überall Menschen mit ausgemergelten Gesichtern und hohlen Augen, die durch die Trümmer streiften. Einige von ihnen warfen uns misstrauische Blicke zu, andere bettelten stumm um Hilfe. Doch niemand wagte es, sich uns zu nähern.

Das Kind hielt sich dicht an mich, seine Schritte zögernd und unsicher. Jeder plötzliche Lärm ließ es zusammenzucken und ich konnte spüren, wie sein kleiner Körper vor Angst bebte. Das Monster in meinem Kopf flüsterte süffisant: »Siehst du, das ist dein wahres Zuhause. Hier gehörst du hin.« Ich ignorierte es und konzentrierte mich auf den Weg vor uns.

Nach einer scheinbar endlosen Wanderung durch das Elend des Chaos erreichten wir das große Tor, das Utopia von dieser verwüsteten Welt trennte. Wir traten hindurch und wurden sofort von Soldaten empfangen. Sie durchsuchten uns gründlich; ihre Hände tasteten nach versteckten Gefahren. Das Kind hielt sich tapfer, aber ich konnte den feinen Zitterschauer spüren, der durch seinen Körper ging. Nachdem sie sicher waren, dass wir keine Bedrohung darstellten, reichten sie mir einen Stapel Papiere. »Sie müssen diese Verträge unterschreiben«, sagte einer der Soldaten. »Sie bestätigen, dass Sie für den Flüchtling verantwortlich sind und für alle eventuellen Schäden haften.«

Ich unterschrieb jedes Dokument sorgfältig. Meine Gedanken schweiften dabei ab zu dem, was vor uns lag. Die Unterschriften fühlten sich an wie ein schweres Versprechen, ein Pakt, den ich nicht brechen durfte. Das Kind stand neben mir, seine Augen auf das Papier gerichtet, als ob es den Ernst der Situation verstehen würde. Mit jedem Strich des Stifts wurde mir die Schwere meiner Verantwortung bewusster.

Als die Formalitäten erledigt waren und ich meinen Pass nach einer kurzen Identitätsfeststellung zurückbekommen hatte, führte ich das Kind zu meinem Auto. Es kletterte zögernd auf den Beifahrersitz, seine Augen noch immer weit vor Angst. Ich startete den Motor und lenkte uns durch die befestigten Straßen zurück zu meinem Haus. Die Fahrt verlief in angespannter Stille, unterbrochen nur durch das leise Summen des Motors und das gelegentliche Räuspern des Kindes.

Das Monster in meinem Kopf schwieg überraschenderweise. Vielleicht war es erdrückt von der Realität der Situation und hatte in diesem Moment keine Kapazität, sich einen neuen Weg auszudenken, mir das Leben zur Hölle zu machen. Das Kind schaute aus dem Fenster, die Augen vor Staunen weit geöffnet, als es die vorbeiziehende Landschaft betrachtete. Es war eine Welt, die so anders war als die, die es kannte. Utopia, mit seinen glänzenden Gebäuden und gepflegten Straßen, schien wie ein fremder Planet.

Als wir mein Haus erreichten, zögerte das Kind, bevor es aus dem Auto stieg. Es klammerte sich an meine Hand, seine Augen voll von einer Mischung aus Neugier und Nervosität. Ich führte es hinein, zeigte ihm sein neues Zuhause. »Hier bist du sicher«, sagte ich leise, mehr zu mir selbst als zu ihm. Das Kind schaute mich an und ein schwaches Lächeln huschte über sein Gesicht.

In diesem Moment, während das Monster schweigend in den Tiefen meines Geistes lauerte, wusste ich, dass ich zumindest für jetzt die richtige Entscheidung getroffen hatte. Dieses Mädchen war in Sicherheit und ich würde alles tun, um es zu beschützen.

Die Wochen, die folgten, waren für uns beide eine Prüfung. Das Mädchen wurde meine Gefangene. In meinem Keller, in einem kalten und dunklen Raum, den nur wenig Licht durch ein kleines, schmutziges Fenster erreichte, verbrachte sie ihre Tage und Nächte. Der Raum war spärlich möbliert; nur ein dünnes Bett auf einer Metallpritsche und ein Eimer in der Ecke dienten als gesamte Einrichtung. Als ich sie zum ersten Mal dort einsperrte, weinte das Mädchen unaufhörlich. Die Ketten, die ihre dünnen Handgelenke und Knöchel umschlossen, klirrten leise, während sie sich in einer Ecke zusammenkauerte. Ihre Tränen hinterließen nasse Streifen auf ihrem schmutzigen Gesicht und ihre ängstlichen Augen waren gerötet. Sie schluchzte und bettelte um Freiheit, flehte mich an, sie gehen zu lassen. Doch ich blieb ungerührt. Jede Bitte, jeder Schrei verhallte in der trostlosen Dunkelheit des Kellers.

»Bitte lass mich gehen!«, rief sie immer wieder. Ihre Stimme war heiser vor Anstrengung und Verzweiflung. »Ich tue, was du willst, nur lass mich frei!«

Ich stand über ihr, die Arme vor der Brust verschränkt, und betrachtete sie. »Du musst verstehen«, sagte ich schließlich, meine Stimme ruhig und kalt, »dies ist zu deinem eigenen Schutz. Die Welt draußen ist gefährlich. Hier bist du sicher.«

Das Mädchen sah mich mit ihren großen, traurigen Augen an und nickte stumm. Ihre Verzweiflung verwandelte sich allmählich in Akzeptanz und mit der Zeit begann sie, kleine Zeichen der Dankbarkeit zu zeigen. Sie bedankte sich für das Essen, versuchte, sich mir gegenüber gefügig zu zeigen. Es war eine zaghafte Hoffnung, die in ihr wuchs, dass vielleicht, wenn sie sich anpasste, ich sie eines Tages freilassen würde.

Jeden Tag brachte ich ihr Essen und saß auf der Treppe, um sie zu beobachten. Anfangs aß sie hastig, als hätte sie Angst, ich würde es ihr wieder wegnehmen. Doch nach und nach wurde ihr Verhalten ruhiger, gefügiger. Manchmal sprach ich mit ihr, versuchte, ihr die Situation zu erklären, doch meistens herrschte zwischen uns bedrückende Stille.

»Du musst verstehen, dass ich nur das Beste für dich will«, sagte ich eines Abends, als sie leise weinte. »Ich bin deine einzige Hoffnung in dieser grausamen Welt.«

Das Mädchen sah mich mit tränenerfüllten Augen an und nickte erneut. Auch ihre Traurigkeit wurde dann nach und nach weniger, als sie sich immer mehr mit der Situation abfand. Doch trotz ihrer Anpassung blieb immer ein Hauch von Angst in ihren Augen. Eine Angst, die sie niemals ganz loswerden konnte.

Mit der Zeit begann ich, das Mädchen kleine Aufgaben im Haus erledigen zu lassen. Zuerst durfte sie nur den Keller sauber halten, doch bald ließ ich sie auch oben im Haus putzen und kochen. Immer trug sie ein Halsband, ein Symbol ihrer Gefangenschaft und meiner Kontrolle über sie. Meistens war sie angekettet, eine Kette, die lang genug war, um sich im Haus zu bewegen, aber nicht lang genug, um zu entkommen.

Während sie sich im Haus bewegte, konnte ich beobachten, wie sie sich bemühte, mir zu gefallen. Sie putzte mit Sorgfalt und bereitete das Essen mit viel Liebe zu.

»Ich hoffe, das Essen schmeckt dir«, sagte sie eines Abends schüchtern, als sie mir eine Schüssel Suppe reichte.

Ich nahm die Schüssel entgegen und nickte knapp. »Es ist gut«, antwortete ich, ohne sie anzusehen. »Mach weiter so.«

Das Mädchen senkte den Blick und lächelte schwach. »Danke«, flüsterte sie. »Ich werde mein Bestes geben.«

Die Wochen vergingen und das Mädchen begann, einen fast routinierten Gehorsam zu zeigen. Doch eines Tages machte ich einen Fehler. Ich vergaß, sie anzuketten. Das Mädchen erkannte ihre Chance und nutzte sie. Sie floh. Ihr Herz pochte in ihrer Brust, als sie durch die leeren Straßen rannte, verzweifelt nach Hilfe suchend. Sie rannte zu den wenigen Menschen, die sie auf ihrem Weg traf, und bettelte um Hilfe, doch niemand nahm sie ernst.

»Bitte helfen Sie mir!«, rief sie immer wieder. »Ich wurde entführt!«

Die Menschen musterten sie mit kalten Augen und schüttelten nur die Köpfe. »Chaos-Abschaum«, hörte sie jemanden murmeln. »Verschwinde.«

Ihre Hoffnungen sanken, doch sie gab nicht auf. Schließlich erreichte sie die Polizeiwache. Mit zitternden Händen öffnete sie die schwere Tür und trat ein. Die Polizisten musterten sie misstrauisch, als sie auf den Tresen zutrat und verzweifelt ihre Geschichte erzählte.

»Bitte helfen Sie mir. Ich wurde entführt und festgehalten! Meine Freunde wurden umgebracht und ich...ich bin geflohen!« Ihre Stimme war schrill und voller Panik.

Ein kräftiger Polizist mittleren Alters hob eine Augenbraue und betrachtete sie herablassend. »Hast du Papiere? Einen Pass?«

Das Mädchen zögerte, während Angst und Hoffnungslosigkeit sich langsam bei ihr einschlichen. »Ich...ich habe keine Papiere. Ich komme aus dem Chaos.«

Der Polizist lehnte sich zurück und verschränkte die Arme. »Wenn du keine Papiere hast, können wir dir nicht helfen. Wir kümmern uns hier um die Bürger Utopias, um richtige Menschen. Sowas wie du ist nur eine Last für die Gesellschaft.«

»Aber bitte! Sie müssen mir helfen!« Tränen rannen über ihr Gesicht. »Ich habe nichts getan!«

»Tu uns allen einen Gefallen«, sagte der Polizist kalt. »Iss das vergammelte Essen aus den Mülleimern und entlaste die Arbeiter. Mehr bist du nicht wert.«

Die Worte trafen das Mädchen wie ein Schlag. Verzweifelt verließ sie die Wache, ihre Hoffnung zerschmettert. Der Regen prasselte kalt und unbarmherzig auf sie herab, als sie durch die Straßen irrte, ohne Ziel und ohne Hoffnung. Stunden später klingelte es dann an meiner Tür. Durchnässt und zitternd kniete sie auf dem kalten Boden, die Augen voller Verzweiflung und Angst. Ich öffnete die Tür und sah auf sie herab. Ein sanftes Lächeln umspielte meine Lippen, als ich mich zu ihr hinunterkniete und ihr über den nassen Kopf strich.

»Hey...es ist alles gut...ich habe dich absichtlich nicht angekettet«, sagte ich leise. »Ich wollte dir zeigen, dass es nirgendwo besser und sicherer für dich ist als hier bei mir. Ich werde mich um dich kümmern, dich versorgen und beschützen. Du musst keine Angst mehr haben. Hier passiert dir nichts.«

Das Mädchen sah mich mit ihren großen, tränenerfüllten blauen Augen an. »Ich werde alles tun, was du willst. Nirgends ging es mir besser als hier.«

Ich zog sie sanft in meine Arme und hielt sie fest. »Ich weiß...und das wird auch so bleiben«, flüsterte ich. »Dein Name ist von nun an Chio. Du bist mein Besitz. Und ich werde immer für dich da sein.«

Chio weinte leise in meinen Armen und ich spürte, wie sich ihre Angst allmählich in Erleichterung verwandelte. Sie hatte endlich einen Platz gefunden, an dem sie sich sicher fühlen konnte, auch wenn dieser Platz an meiner Seite war. In den folgenden Wochen etablierte sich Chio in ihrem neuen Leben. Sie putzte und kochte, immer noch mit dem Halsband um ihren Hals, aber mit weniger Angst in ihren Augen und ihrer Körperhaltung. Sie akzeptierte ihre Rolle als mein

Eigentum und ich behandelte sie mit einer Mischung aus Strenge und Zuneigung.

Eines Abends, als sie gerade den Tisch abwischte, trat ich hinter sie und legte meine Hand auf ihre Schulter. »Du machst gute Arbeit, Kleine«, sagte ich ruhig. »Ich bin stolz auf dich.«

Chio sah auf und lächelte schwach. »Danke, Meisterin«, flüsterte sie. »Ich werde weiterhin mein Bestes geben.«

Ich streichelte ihr sanft über das Haar. »Das weiß ich. Und dafür wirst du belohnt.«

Ihre Augen leuchteten kurz auf und ich wusste, dass sie wirklich alles tun würde, um meine Gunst zu behalten. Unsere Beziehung hatte sich gefestigt und Chio war nun vollständig in ihrer Rolle angekommen. Am Abend, als sie im Bett lag, setzte ich mich an meinen Schreibtisch und begann zu schreiben. Meine Finger flogen über die Tasten der Schreibmaschine und die Worte flossen wie ein Strom aus meinen Gedanken.

Das Mädchen in Ketten, schrieb ich als Titel. Die Geschichte formte sich vor meinen Augen, während die Ereignisse der letzten Wochen zu Worten und auf dem Papier lebendig wurden.

Ich erzählte von einem Mädchen namens Sam, von ihrer Angst und ihrer Verzweiflung, von ihrer Flucht und ihrer Rückkehr. Ich schrieb über ihre allmähliche

Akzeptanz, über ihre Transformation von einem verängstigten Mädchen zu meinem treuen Besitz. Als ich fertig war, lehnte ich mich zurück und betrachtete mein Werk. Es war intensiv und erschütternd, eine Geschichte von Eroberung und Besitztum, von Angst und Unterwerfung.

»*Das Mädchen in Ketten*«, flüsterte ich leise, als ich die letzte Seite einlegte. »Eine Geschichte, die die Welt erschüttern wird.«

Ich legte die vollgeschriebenen Blätter ordentlich zusammen und lächelte zufrieden. Die Dunkelheit draußen war dicht und undurchdringlich, aber in meinem Herzen brannte ein Licht. Ein Licht der Macht und der Kontrolle, ein Licht, das mich weiter antreiben würde.

Chio lag ruhig in ihrem Bett und ich wusste, dass sie nun vollständig die Meine war. Unsere Beziehung war besiegelt und ich würde immer für sie da sein. Egal, was die Zukunft brachte, ich würde sie beschützen und versorgen – und sie würde mir treu dienen.

»*Das Mädchen in Ketten*«, murmelte ich erneut, bevor ich das Licht löschte und mich ebenfalls zur Ruhe begab. Die Nacht war still, nur der Regen prasselte leise gegen das Fenster. In dieser ruhigen Dunkelheit fand ich Frieden, wissend, dass alles seinen Platz hatte – und ich die Kontrolle.

-Herrscherin in Not-

Ich war nie ein Fan von Lügen. Lügen sind schwer. Sie erfordern ständige Pflege und Aufmerksamkeit, sie drohen jederzeit auseinanderzubrechen und den Erzeuger mit sich zu reißen. Wahrheit hingegen ist stark und beständig. Doch ich habe erkannt, dass die Wahrheit, in ihrer ganzen Härte, nicht immer gesagt werden muss. Es ist oft effektiver, Wahrheiten weg-zulassen, als sie zu verzerren. Dies gibt der Realität eine Form, die weniger scharf ist, weniger gefährlich, aber dennoch tief in ihrer Essenz wahr bleibt.

Heute sollte es um Politik gehen. Ein Interview in meinem Wohnzimmer war arrangiert worden. Die In-terviewerin, eine elegante Frau mittleren Alters, be-trat den Raum mit einer Selbstsicherheit, die ihre lan-gen Jahre im Journalismus widerspiegelte. Sie stellte sich als Ellen Mayfield vor, eine bekannte Figur in der Medienlandschaft, und begann, mich als eine der er-folgreichsten und einflussreichsten Autorinnen unse-rer Zeit zu beschreiben.

»Yama, Sie haben schon eine erstaunliche Karriere hinter sich«, begann sie, ihre Stimme geschliffen und professionell. »Sie waren erst Flüchtling, dann Soldatin und heute haben Ihre Bücher Millionen erreicht und Ihre Meinung hat Gewicht. Daher würde ich gerne mit Ihnen über die aktuelle Politik der *99 Separated States* sprechen.«

Ich lehnte mich zurück und überlegte, wie ich antworten sollte. Politik war ein Thema, das ich in der Öffentlichkeit stets zu meiden versuchte. »Ich halte mich aus der Politik heraus«, begann ich und wählte meine Worte dabei sorgfältig. »Ich wünsche mir einfach Frieden. Das ist alles, was ich will, und was ich immer sage. Aber ich bin mir bewusst, dass ich trotz meiner Einflüsse in dieser Hinsicht machtlos bin.«

Ellen nickte, ihre Augen aufmerksam auf mich gerichtet. »Sie haben oft betont, dass Sie sich Frieden wünschen. Aber glauben Sie, dass dieser Wunsch realistisch ist, angesichts der aktuellen Spannungen zwischen den *Separated States*?«

Ich atmete tief ein und ließ meine Gedanken zu den Geschehnissen des gestrigen Tages wandern. »Es ist schwierig, realistischen Frieden zu erreichen, besonders in unserer fragmentierten Welt«, sagte ich langsam. »Die Geschichte hat uns gelehrt, dass Machtkämpfe oft über Generationen hinweg bestehen bleiben, selbst wenn die Waffen niedergelegt werden.«

Während ich sprach, drifteten meine Gedanken in die Tiefe meiner Erinnerungen ab. Gestern, nachdem das Tageslicht verblasst war, hatte ich einen anderen Teil meiner Realität betreten: den Keller. Der tiefste, dunkelste Teil meines Hauses, wo die Geheimnisse lagen, die nicht ans Tageslicht kommen durften.

Die Luft im Keller war kalt und feucht, die Dunkelheit nur vereinzelt von flackernden Glühbirnen durchbrochen. Ich stieg die steilen Stufen hinab, bis ich am alleruntersten Punkt angekommen war. Jeder Schritt hallte in der Stille wider. Ganz unten angekommen, noch eine Etage unter meinen Folterkammern, öffnete ich eine schwere Eisentür und trat in einen sehr hellen Raum ein.

Zwei Wissenschaftler waren dort angekettet, ihre Gesichter aschfahl und von Angst gezeichnet. Ich trat vor sie und sah ihnen in die Augen. »Wie weit seid ihr?«, fragte ich kühl.

Der ältere der beiden, ein Mann mit schütterem Haar und tiefen Falten im Gesicht, sprach zuerst. »Wir...wir sind weitergekommen«, stotterte er. »Das Objekt...es könnte in wenigen Tagen einsatzbereit sein.«

Ich nickte langsam, mein Blick durchdrang ihn. »Gut«, sagte ich leise. »Ihr wisst, was auf dem Spiel steht.«

Das Monster in meinem Kopf meldete sich dann, seine Stimme ein scharfes Zischen. »Wie naiv du bist«, höhnte es. »Glaubst du wirklich, dass du irgendetwas verändern kannst? Dass du diesen sinnlosen

Krieg beenden kannst, indem du die *Separated States* mit einer Bombe bedrohst? Sie werden weiterkämpfen, selbst wenn es sie in den Untergang reißt.«

»Das hier ist kein Traum von Frieden«, antwortete ich ihm stumm in meinem Kopf. »Es ist eine Notwendigkeit. Die einzige Möglichkeit, die ich habe, ist sie zu zwingen.«

Der Wissenschaftler fuhr mit bebender Stimme fort. »Die mechanischen Komponenten sind fast fertig. Wir müssen noch einige Tests durchführen, aber wir sind zuversichtlich.«

»Zuversichtlich?«, wiederholte ich mit einem bitteren Lächeln. »Zuversicht hat in der Welt, in der wir leben, keinen Platz. Ergebnisse zählen.«

»Wir arbeiten so schnell wir können«, sagte der jüngere der beiden und seine Hände zitterten dabei merklich. »Aber die technischen Herausforderungen...es gibt so viele Variablen, die wir berücksichtigen müssen.«

»Ich will keine Ausreden hören«, sagte ich scharf und trat näher an ihn heran. »Ich stecke mein ganzes Geld in eure Ausrüstung und dieses Geld ist verdammt hart erarbeitet. Ich will kein *wenn*, kein *vielleicht*, kein *bald*. Ich will Ergebnisse. Ihr habt zwei Tage. Keinen Tag länger.«

Das Monster lachte wieder in meinem Kopf, als ich mich von den Wissenschaftlern abwandte. »Selbst wenn du die Bombe fertigstellst, was dann?«, spottete es. »Glaubst du wirklich, dass du die Welt verändern kannst? Sie werden dich als Bedrohung sehen, als Tyrannin. Du wirst nicht den Frieden bringen, sondern noch mehr Krieg und Zerstörung.«

»Ich kann es versuchen«, flüsterte ich zurück, während ich die Stufen wieder hinaufstieg. »Und das ist mehr, als die meisten Menschen tun.«

Ich erreichte das Erdgeschoss und schloss die Tür zum Keller hinter mir. Der dunkle, kalte Bereich war nun wieder versiegelt, aber die Erinnerungen daran blieben lebendig. Es war eine Bürde, die ich trug, eine Verantwortung, die ich akzeptiert hatte. Und obwohl das Monster in meinem Kopf unaufhörlich flüsterte und spottete, wusste ich, dass ich diesen Weg bis zum Ende gehen würde.

Ellen Mayfield riss mich aus meinen Gedanken. Ihre Frage schwebte im Raum, klar und prägnant: »Yama, nach einem so überwältigenden Erfolg wie *Das Mädchen in Ketten* – haben Sie nicht die Befürchtung, dass Sie für immer auf dieses eine Buch reduziert werden und immer wieder damit verglichen werden?«

Ich lehnte mich zurück und überlegte kurz, bevor ich antwortete. »Erfolg kann eine zweischneidige Klinge sein. *Das Mädchen in Ketten* war ein Werk, das tief aus meinem Inneren kam. Es war ein Spiegel meiner eigenen Kämpfe und Dunkelheiten. Aber ich sehe es nicht als Last. Vielmehr betrachte ich es als Fundament. Es ist ein Teil von mir, aber nicht das ganze Bild. Jeder Vergleich ist natürlich, aber er beschränkt nicht meine Fähigkeit, weiterzuwachsen und Neues zu schaffen. Ein Buch definiert mich nicht vollständig; es ist nur ein Kapitel in einer viel größeren Geschichte.«

Ellen nickte nachdenklich. »Das ist eine interessante Sichtweise. Es muss eine enorme Herausforderung sein, sich nach einem solchen Erfolg weiterzuentwickeln und den eigenen Ansprüchen gerecht zu werden.«

Bevor ich antworten konnte, huschte eine weiße Katze am Boden vorbei, ihre Bewegungen geschmeidig und kaum hörbar. Ellen beobachtete die Katze und fragte dann neugierig: »Haben Sie noch mehr Haustiere?«

Ich lächelte leicht und schüttelte den Kopf. »Nein, das ist das einzige. Sie ist eine stille Begleiterin, die mir Gesellschaft leistet, ohne viel zu verlangen.«

Die Frage und die Anwesenheit der Katze lösten eine weitere Kaskade von Erinnerungen aus und ich tauchte erneut in die Tiefe meines Gedächtnisses ab. In meinen Gedanken kehrte ich in den Keller zurück, wo vor wenigen Tagen ein weiteres grausames Experiment stattgefunden hatte.

Mein ganz eigener Kontrollraum war in ein kaltes, blaues Licht getaucht, das die Atmosphäre unheimlich und steril erscheinen ließ. An der Wand hingen Bildschirme, die verschiedene Winkel eines Raumes zeigten, in dem eine Frau und drei gefesselte Menschen warteten.

Die Frau, etwa Mitte dreißig, mit verstrubbeltem Haar und verzweifelten Augen, stand in der Mitte des Raumes. Vor ihr lag eine Katze, ihr geliebtes Haustier, das sie seit Jahren begleitet hatte. Über Lautsprecher verlas ich ein Gedicht, das die Entscheidung, vor der sie stand, poetisch umrahmte:

»In deinen Händen liegt das Schicksal,
Zwischen Liebe und Schuld, ein ewiger Zwiespalt.
Das Herz, es klagt, die Seele weint,
Die Wahl ist schwer, die Hoffnung scheint.«

Die Frau zitterte und ihre Hände ballten sich zu Fäusten. Sie wusste, dass sie eine Entscheidung treffen musste: ihre Katze oder die Leben der drei unschuldigen Menschen. Die Bildschirme zeigten ihre Qual, jedes Zucken ihres Gesichts, jede Träne, die über ihre Wangen rollte.

Die Gefangenen, zwei Männer und eine Frau, flehten sie an. »Es ist nur ein Tier«, sagte einer der Männer mit wimmernder Stimme. »Bitte lass uns nicht sterben!«

Die Frau sank auf die Knie und ihr Schluchzen erfüllte den Raum. »Ich kann das nicht tun«, jammerte sie. »Sie ist alles, was ich habe.«

»Es ist nur eine Katze«, wiederholte die andere Frau, ihre Stimme vor Angst bebend. »Unser Leben ist mehr wert als ein Tier.«

In meinem Kontrollraum beobachtete ich das Geschehen auf den Bildschirmen, mein Gesicht ausdruckslos. Ich nahm einen Stift und begann, Notizen zu machen. Die emotionale Reaktion der Frau war intensiv, ihre Bindung zu dem Tier offensichtlich stark. Es war faszinierend, wie die menschliche Psyche in solchen Extremsituationen reagierte.

»Warum quälst du sie so?«, flüsterte das Monster in meinem Kopf. »Glaubst du wirklich, dass du etwas Wertvolles herausfindest? Sie sind alle nur Ratten in deinem Labyrinth.«

Ich ignorierte die Stimme und konzentrierte mich auf die Frau. Sie hob das Messer, das ich ihr gegeben hatte, und ihre Hand zitterte dabei heftig. Tränen strömten über ihr Gesicht, ihre Augen waren rot und geschwollen.

»Ich kann das nicht«, sagte sie erneut, doch sie wusste, dass sie keine Wahl hatte. Die Zeit lief ab und alle würden sterben, wenn sie sich nicht entschied.

Schließlich, nach einem scheinbar endlosen inneren Kampf, schrie die Frau auf, ihre Stimme rau und voller Schmerz. »Es tut mir leid«, wimmerte sie, bevor sie das Messer hob und es mit zitternden Händen der Reihe nach in die Körper der drei Menschen stieß. Ihre Bewegungen waren hektisch und verzweifelt. Schreie hallten durch den Raum.

Die Bildschirme zeigten das Blut, das über den Boden floss, und die leblosen Körper der Gefangenen. Die Frau sank auf den Boden, ihr Gesicht eine Maske aus Tränen und Blut. Sie hielt die Katze fest in ihren Armen, ihr Körper zitterte unkontrolliert.

Ich machte mir Notizen. Meine Gedanken waren analytisch und kühl. »Menschliches Leben und tierisches Leben«, schrieb ich. »Die Bindung ist entscheidend. Der Wert eines Lebens ist subjektiv und hängt von den emotionalen Verbindungen ab.«

Das Monster in meinem Kopf lachte höhnisch. »Du bist wirklich erbärmlich«, zischte es. »Du glaubst, dass du über dem Rest stehst, aber in Wirklichkeit bist du genauso gefangen wie sie. Dein Leben ist genauso sinnlos.«

Die Frau im Keller hielt die Katze fest umklammert. Ihre Tränen bahnten sich Wege durch das Blut auf ihrem Gesicht. Ich beobachtete sie noch eine Weile, bevor ich den Lautsprecher wieder einschaltete und in gedämpftem Ton sprach: »Du hast deine Wahl getroffen. Du bist frei.«

Die Tür des Kellers öffnete sich und die Frau starrte mich mit leeren Augen an. Sie war gebrochen, ihre Seele zerrissen. Doch sie war frei, zumindest kurz, bis

Chio sie dann erledigen würde – schließlich war es viel zu riskant, potentielle Zeugen am Leben zu lassen.

Ich verließ den Kontrollraum und stieg die Treppen hinauf. Das Echo der Schreie hallte noch in meinem Kopf. Das Monster war still geworden, seine spöttischen Kommentare zumindest vorübergehend verstummt. Es war ein weiterer Schritt auf meiner Suche nach Verständnis gewesen, nach einem tieferen Einblick in die menschliche Natur.

Ich brachte mich aus meinen Erinnerungen zurück ins Hier und Jetzt und begegnete Ellens Blick. »Es geht nicht darum, ob ich auf ein Buch reduziert werde«, sagte ich schließlich. »Es geht darum, was ich mit meinen Geschichten erreichen kann. Jede Geschichte ist ein Schritt in Richtung eines größeren Verständnisses.«

Ellen nickte langsam, ihre Augen voller Respekt und vielleicht einer Spur von Furcht. »Sie haben eine außergewöhnliche Sichtweise auf die Welt, Yama. Und Sie sind, anders als die meisten Schriftsteller, sehr offen.«

Ich lächelte schwach. »Manchmal ist Offenheit der einzige Weg, um die Wahrheit zu enthüllen. Und die Wahrheit, so unbequem sie auch sein mag, ist der einzige Weg zur Veränderung.«

Das Interview ging weiter, aber meine Gedanken waren wieder bei der Frau im Keller und dem Experiment. Die Bindungen, die Entscheidungen, die Konsequenzen – sie alle waren Teil eines größeren Mosaiks, das ich Stück für Stück zusammensetzte. Und während das Monster in meinem Kopf weiter flüsterte, wusste ich, dass ich auf dem richtigen Weg war, auch wenn dieser Pfad in die Dunkelheit führte.

Das Interview neigte sich dem Ende zu, als es überraschend an der Tür klingelte. Ellen schaute mich fragend an, doch ich bat sie, sitzen zu bleiben, und ging zur Tür. Das unerwartete Geräusch durchbrach die angespannte Atmosphäre des Gesprächs und ich spürte, wie sich mein Herzschlag beschleunigte. Ein unerwarteter Besucher in einem Moment wie diesem konnte nichts Gutes bedeuten.

Als ich die Tür öffnete, stand eine Frau vor mir. Sie war in einem schlichten, professionellen Anzug gekleidet und hielt eine Mappe in den Händen. Ihre Augen musterten mich freundlich, aber mit einem Hauch von Ernsthaftigkeit. »Guten Tag, Frau Yama. Ich bin Frau Smith vom Jugendamt. Wir haben uns gedacht, dass Sie Interesse an einer weiteren Adoption eines Flüchtlingskindes haben könnten, nachdem ihr letztes bereits vor Jahren verunglückt ist.«

Ein Moment der Verlegenheit überkam mich. Adoption? Ein Flüchtlingskind? Das war eine Rolle, die ich nicht geplant hatte. Doch bevor ich antworten

konnte, trat Ellen hinter mich und sprach mit enthu-
siastischer Neugier in ihrer Stimme: »Oh, Yama, das
wäre doch wundervoll! Es passt so gut zu Ihrem öf-
fentlichen Bild als jemand, der immer das Richtige tut
und den Schwachen hilft.«

Ich konnte Ellens Blick spüren, ihre Erwartung und
Bewunderung. Ich wusste, dass meine Antwort nicht
nur ihre Meinung beeinflussen würde, sondern auch
die der Öffentlichkeit, die dieses Interview sehen
würde. »Ja, natürlich«, antwortete ich schließlich und
zwang ein Lächeln auf mein Gesicht. »Ich bin selbstverständlich bereit dazu, ein Flüchtlingskind zu
adoptieren.«

Frau Smith lächelte erleichtert und reichte mir einige Dokumente. »Das ist großartig zu hören. Hier
sind die notwendigen Unterlagen. Es ist natürlich ein
Prozess, aber wir sind sicher, dass Sie eine wunder-
bare Mutter sein werden.«

Die Interviewerin schien zufrieden und begann,
ihre Sachen zu packen, nachdem Frau Smith wieder
gegangen war. »Das ist wirklich beeindruckend,
Yama. Ich glaube, wir haben genug Material für ein
großartiges Interview. Vielen Dank für Ihre Zeit.«

»Es war mir eine Freude«, sagte ich und begleitete
sie zur Tür. »Danke, dass Sie gekommen sind.«

Nachdem die Tür geschlossen war, lehnte ich mich
für einen Moment dagegen und atmete tief durch. Die
Maske des Altruismus und der Stärke war schwer zu

tragen und für einen Augenblick erlaubte ich mir, die Erschöpfung zu spüren, die sie mit sich brachte. Als ich mich umdrehte, stand Chio vor mir. Ihre Anwesenheit war plötzlich und unerwartet, und ich zuckte zusammen. Sie kratzte sich nervös am Kopf und ihre Augen funkelten vor Zorn und Eifersucht. »Was soll das? Ein Kind? Hier? Ich will kein Kind hier! Ich bin die Einzige, die hier sein darf!«

Die Panik in ihrer Stimme war deutlich zu hören und ich versuchte, sie zu besänftigen. »Bitte beruhige dich. Es ist nicht das, wonach es aussieht. Das Kind wird nur kurz hierbleiben. Für das Bild, verstehst du? Dann wird es sich einfach auf mysteriöse Weise umbringen, wie es bei fast allen Chaos-Flüchtlingen offiziell der Fall ist. Nur werden wir – anders als bei dir damals – den Tod nicht vortäuschen.« Doch Chio war nicht zu beruhigen. In ihrer Wut begann sie, Dinge durch den Raum zu werfen. Eine Vase zerschellte an der Wand, Bücher flogen von den Regalen, und ich konnte die Verzweiflung in ihren Augen deutlich sehen. »Ich will niemanden hier! Niemand darf uns stören!«

Ich wich den umherfliegenden Gegenständen aus und sprach ruhig, aber fest. »Bitte hör mir zu. Du bist die Einzige für mich. Das Kind ist nur eine Fassade, es wird bald wieder verschwinden.«

Ihre Bewegungen wurden langsamer, aber die Anspannung war noch immer spürbar. »Versprich es mir«, flüsterte sie. »Versprich mir, dass ich die Nummer eins bin.«

Ich ging zu ihr, legte meine Hände sanft auf ihre Schultern und küsste sie auf die Stirn. »Ich verspreche es dir. Du bist und bleibst die Einzige für mich. Wir beide kämpfen gegen den Rest der Welt.«

Das Mädchen schluchzte und umklammerte mich fest. Ihre Verzweiflung und Angst lösten sich langsam in meinen Armen auf. Ich hielt sie fest und flüsterte weitere beruhigende Worte: »Wir sind ein Team. Niemand kann uns trennen. Du und ich, wir sind stärker als alles andere. Zusammen werden wir herrschen und die Welt verändern.«

-Schlange im Nest-

Ich saß in meinem Kontrollraum. Das Flimmern der Bildschirme war das einzige Licht in der Dunkelheit. Die Monitore zeigten zwei Frauen, eine jüngere und eine ältere, eingesperrt in einem kahlen Raum. Mutter und Tochter. Ihre Gesichter waren maskiert von Angst und Verzweiflung, ihre Augen suchten panisch nach einem Ausweg. Das Schauspiel war perfekt inszeniert. Ich griff nach dem Mikrofon. Meine Finger glitten sanft darüber, als würde ich die Worte streicheln, die ich gleich sprechen würde:

»Zwei Seelen, verbunden durch Blut und Schmerz,
Euer Schicksal liegt in euren Händen, das ist kein Scherz.
Nur eine von euch darf den Raum verlassen,
Der Preis ist hoch, ein Leben zu fassen.«

Meine Stimme hallte durch die Lautsprecher im Raum, sanft und zugleich unnachgiebig. Die jüngere Frau begann sofort zu weinen, dicke Tränen rannen über ihre Wangen. Die ältere Frau hielt ihre Hand, versuchte sie zu trösten, aber auch sie konnte die Panik in ihren eigenen Augen nicht verbergen. Ich beobachtete jede Bewegung, jede Regung ihrer Gesichter, jede Träne, die fiel. Es war wie ein makabres Ballett, choreografiert von Angst und Verzweiflung.

Plötzlich durchfuhr ein stechender Schmerz mein Bein, als ob eine Nadel tief in mein Fleisch bohren würde. Ich zuckte zusammen und tastete die Stelle ab, suchte nach einer Ursache. Meine Finger glitten über die glatte Haut, fanden nichts Auffälliges. Kein Blut, keine Wunde, nur dieser unerklärliche Schmerz. Aber die Unsicherheit nagte an mir wie ein kleines, hungriges Tier, das an meinem Verstand knabberte. Ich tastete erneut, diesmal fester, versuchte den Schmerz wegzudrücken.

Das Monster tauchte neben mir auf. Seine schwarzen Schuppen glänzten im schwachen Licht des Kontrollraums. Seine Augen funkelten bösartig, als es seine zischende Stimme erhob.

»Du solltest weiter tasten«, flüsterte es. »Was, wenn du unheilbar krank bist und es nicht rechtzeitig entdeckst? Was, wenn dein Plan, den Frieden zu erzwingen, nie in die Tat umgesetzt werden kann, weil du stirbst?«

Seine Worte wirbelten in meinem Kopf herum, verstärkten meine Angst, ließen sie wachsen wie ein Tumor. Meine Hand zitterte, als ich die Stelle an meinem Bein erneut abtastete. Nichts. Doch das Monster ließ nicht locker, drängte mich, weiterzusuchen. »Taste weiter, Yama. Finde heraus, was falsch ist. Was, wenn du es übersehen hast?«

Ich versuchte, mich zu widersetzen und das Monster zu ignorieren, aber seine Worte krochen in mein Bewusstsein wie Gift, das sich langsam ausbreitet. Die Schreie der Mutter und der Tochter auf den Bildschirmen wurden zu einem Hintergrundrauschen, das Husten und Schluchzen verschmolz zu einem unverständlichen Geräuschteppich. Der Angstkreislauf hatte mich fest im Griff, ließ mich nicht los. Plötzlich klingelte es an der Tür. Das Geräusch zerschnitt die Luft wie ein Messer und ließ mich zusammenzucken. Mein Herz begann schneller zu schlagen, hämmerte in meiner Brust wie ein gefangener Vogel. Das Monster lachte, seine Augen funkelten noch bösartiger. »Das ist die Polizei. Jetzt wirst du erwischt. Jetzt wirst du erwischt.«

Ich zwang mich, tief durchzuatmen, versuchte, das Zittern in meinem Körper zu kontrollieren. »Chio, geh schnell auf dein Zimmer«, rief ich mit bebender Stimme. Sie warf mir einen besorgten Blick zu. Ihre Augen spiegelten die Angst wider, die auch in mir tobte. Sie gehorchte und verschwand eilig. Ich ging zur Tür und mein ganzer Körper zitterte dabei unkontrolliert. Die Worte des Monsters hallten in meinem Kopf wider und verstärkten die Angst, die Panik. Mit zitternden Händen öffnete ich die Tür, mein

Atem ging stoßweise. Doch anstatt der Polizei stand dort nur die Frau vom Jugendamt mit einem kleinen blonden Mädchen an ihrer Hand.

»Guten Tag, Frau Yama«, sagte sie freundlich. Ihre Stimme war wie eine beruhigende Melodie inmitten des Chaos in meinem Kopf. »Darf ich reinkommen?«

Das Mädchen sah zu mir auf, ihre blauen Augen weit und unschuldig, wie die eines Rehs, das zum ersten Mal auf den Jäger trifft. Mein Herz schlug immer noch schnell, aber ich zwang mich, ruhig zu bleiben, zwang mich, das Monster und seine giftigen Flüstereien zu ignorieren. »Natürlich, kommen Sie herein«, antwortete ich schließlich und trat zur Seite, um sie eintreten zu lassen.

Ich saß auf der Couch. Das polierte Holz der Armlehne fühlte sich kühl und glatt unter meinen Fingern an. Die Dame vom Jugendamt saß mir gegenüber und erklärte mir geduldig meine Fürsorgepflichten. Ihr Blick war streng, doch es lag auch eine gewisse Müdigkeit darin, als ob sie diese Routine schon tausendmal durchlaufen hätte. Das kleine blonde Mädchen stand zitternd in der Mitte des Wohnzimmers. Ihre Augen flackerten nervös von der Dame zu mir und zurück.

»Es wird keine regelmäßigen Kontrollen geben«, sagte die Frau. Ihre Stimme hatte einen beruhigenden Tonfall. »Aber Sie sind angehalten, die wichtigsten Impfungen und Bedürfnisse des Kindes zu erfüllen.

Ich hoffe, Sie behandeln das Kind würdevoller als unsere Gesetze es erlauben.« Sie zog einen dicken Stapel Papiere hervor, den sie mir reichte.

Ich nickte, versuchte die Schärfe aus meinen Gedanken zu verbannen und fokussierte mich auf das Mädchen. Ihr Haar war strohblond, ihre Augen ein klares Blau, das in einer Mischung aus Angst und Neugierde zu mir herüberblickte. »Verstehe«, murmelte ich, obwohl ich bereits wusste, was von mir erwartet wurde. Die Dame vom Jugendamt hielt mir einen Stift hin und ich begann, die Papiere zu unterschreiben, ohne wirklich zu lesen, was darinstand. Es war eine Formalität, ein weiterer Teil des Schauspiels, das ich aufführte.

Nachdem die Dame das Haus verlassen hatte, blieb das Mädchen unschlüssig im Raum stehen. Ihre Schultern bebten leicht und ich konnte sehen, wie sie versuchte, ihre Furcht zu verbergen. Ich zwang mich, empathisch zu sein, versuchte, die Kälte aus meiner Stimme zu verbannen. Langsam trat ich auf sie zu und beugte mich ein wenig herab, um ihr auf Augenhöhe zu begegnen. »Komm mit«, sagte ich und hielt ihr meine Hand hin. Zögernd nahm sie sie und ich führte sie durch das Haus.

»Das ist unser Wohnzimmer«, erklärte ich, obwohl die Einrichtung wahrscheinlich keinerlei Bedeutung für sie hatte. Die Wände waren in einem warmen Beige gestrichen und die Möbel waren modern und minimalistisch. Ein großer, weicher Teppich bedeckte den Boden vor dem Kamin. Auf dem Couchtisch standen eine Vase mit frischen Blumen und eine Sammlung von Büchern und Magazinen.

Das Mädchen sah sich um. Ihre Augen nahmen jedes Detail in sich auf und ihre kleinen Finger klammerten sich dabei an meine Hand, als ob sie Halt suchte in dieser unbekannten Umgebung. Ich spürte ihre Unsicherheit und ihre Furcht, aber bemerkte auch einen Funken Hoffnung, der durch ihre Augen blitzte.

»Komm, ich zeige dir dein Zimmer«, sagte ich und führte sie die Treppe hinauf in die erste Etage. Dort hatte ich ein rosa gestrichenes Kinderzimmer vorbereitet. Es war teuer eingerichtet, ein weiterer Teil meines Schauspiels. Die Wände waren mit zarten Blumenmustern verziert und das Bett war mit weichen Kissen und einer flauschigen Decke ausgestattet. Ein kleiner Schreibtisch stand in einer Ecke, darauf lagen neue Schulbücher und Schreibutensilien.

»Das ist dein Zimmer«, sagte ich und versuchte, meine Stimme warm und einladend klingen zu lassen. Das Mädchen sah sich um, ihre Augen groß vor Überraschung und Staunen. Sie trat zögernd ein. Ihre kleinen Hände griffen nach den Kissen auf dem Bett.

»Ich…ich habe Angst«, flüsterte sie schließlich, ihre Stimme kaum mehr als ein Hauch. »Alle…alle, bei denen ich bisher war, haben mich geschlagen. Machen Sie das auch?«

Mein Herz zog sich zusammen und ich kniete mich zu ihr auf den Boden. Ich nahm ihre beiden Hände in meine, spürte, wie sie zitterten. »Du bist jetzt in Sicherheit«, sagte ich sanft. »Dir wird nichts passieren. Ich passe auf dich auf.«

In diesem Moment erschien ein flackerndes Licht vor meinen Augen – eine verschwommene Verzerrung, ein Bild, das sich über das Gesicht des Mädchens legte. Plötzlich sah ich ein anderes Mädchen, eins mit roten Haaren und angstvollen Augen. Eine vertraute Stimme – meine eigene, aber kindlicher – erklang in meinem Kopf. »Ich passe auf dich auf, kleine Schwester. Dir wird nichts passieren.«

Das Monster erschien nun auch neben mir, seine kalten Augen starrten mich an. »Hat da etwa jemand an der Wand gekratzt?«, zischte es. Mein Magen drehte sich bei den Worten um.

»Verschwinde!« rief ich, meine Stimme scharf und panisch. Das Mädchen vor mir zuckte zusammen und ihre Augen weiteten sich vor Schreck. Ich hatte sie verängstigt. Schnell versuchte ich, mich zu fangen, mich zu beruhigen. »Es tut mir leid«, sagte ich leicht zittrig. »Du sollst dich hier einleben. Ich verspreche dir, dass du in Sicherheit bist.«

Mit diesen Worten erhob ich mich und verließ das Zimmer. Meine Schritte waren schwer und meine Gedanken wirbelten durcheinander. Die Bilder, die Stimmen, das Monster – alles war zu viel. Ich schloss die Tür hinter mir, lehnte mich dagegen und atmete tief durch. Die Kontrolle zu behalten war schwieriger, als ich es mir eingestehen wollte.

Ich war gerade dabei, mich zu erholen, als ich Chio bemerkte. Sie stand regungslos in der Nähe der Treppe, und als ich die Tür zum Kinderzimmer schloss, bemerkte ich, dass sie mich mit einem Ausdruck von überraschter Verwirrung ansah.

»Was machst du hier?«, fragte ich gereizt, obwohl ich wusste, dass sie sich in der Nähe aufgehalten hatte. Ihr Blick war auf den Boden gerichtet, als ob sie sich scheute, mir direkt in die Augen zu sehen.

»Warum bekommt das Mädchen schon am ersten Tag ein Zimmer?«, fragte Chio mit scharfer Stimme, die trotz ihrer ruhigen Haltung durchdrang. »Bei mir hat es Jahre gedauert, bis ich endlich aus dem Keller herausdurfte.«

Ich wollte antworten, doch ihre Worte schienen mir die Luft abzudrücken. Ihre Klage war wie ein stetiges, nagendes Geräusch, das in meinem Kopf widerhallte. Es war, als ob jeder ihrer Sätze ein weiteres Stück von der dünnen Schicht der Geduld abtrug, die ich mühsam aufrechterhielt. Ihre Unzufriedenheit reizte mich, ließ mich innerlich kochen.

»Chio, hör auf damit«, sagte ich, meine Stimme scharf und voller Unterdrückung. »Ich habe gesagt, dass du dich zurückhalten sollst. Das Mädchen bleibt nicht lange –«

Doch sie hörte nicht auf. Ihre Laute waren ein Strom von Vorwürfen und Ungeduld, der nicht enden wollte. »Ich kann nicht glauben, dass du das gemacht hast. Warum musste ich immer leiden, während sie jetzt einfach alles bekommt?«

Der Druck in meinem Kopf wurde unerträglich und ein unkontrollierbares Zittern durchzog meinen Körper. Ich musste mich kratzen – als ob das Kratzen die nagende Unruhe in mir stillen konnte. Aber es half nicht. Das Zittern wurde stärker und die Unruhe wuchs, bis ich das Gefühl hatte, ich konnte keinen klaren Gedanken mehr fassen.

Mit einem plötzlich aufkeimenden Zorn, der mich überwältigte, stürmte ich auf Chio zu. Ohne Vorwarnung packte ich sie bei den Schultern und drückte sie mit einem gewaltsamen Ruck gegen die Wand. Ihr Körper prallte gegen die kalte Oberfläche und ich konnte spüren, wie der Widerstand in ihr wuchs.

»Warum bist du immer noch so unzufrieden?«, zischte ich, während ich sie kraftvoll gegen die Wand presste. Ihre Augen weiteten sich vor Schock und ich konnte sehen, wie die Angst in ihnen aufblitzte. »Ich habe dir schon gesagt, dass du dich unterordnen sollst!«, fuhr ich fort, mein Atem heiß und rau. In einem impulsiven Moment beugte ich mich vor und drückte meine Lippen auf ihre. Der Kuss war ungestüm und meine Zunge drang fordernd in ihren Mund ein, als wollte ich damit meinen Willen durchsetzen.

Chio schien zunächst überrascht, doch dann, gegen ihren eigenen Willen, ließ sie sich auf eine Weise fallen, die mich für einen Moment von meiner Zorneswelle ablenkte. Ihr Körper entspannte sich und ein leises Stöhnen entwich ihr, als sie den Kuss erwiderte. Es war intensiv, körperlich und emotional zugleich, als ob sie in diesem Moment eine seltsame Art von Nähe und Geborgenheit fand, die sie nicht erwartet hatte.

Doch meine Intensität kannte keine Grenzen. Ich packte sie fest am Hals, drückte sie weiter gegen die Wand und küsste sie ununterbrochen. Meine Hand umschloss ihren Hals und ich drückte fester, als wollte ich jede Luftzufuhr zu ihrem Körper kontrollieren. Ihre Atemzüge wurden flacher und ich konnte sehen, wie sie sich gegen meine Berührung wehrte. Ihre Hände versuchten, meine Handgelenke zu lösen.

Ihr Gesicht wurde rot, die Panik in ihren Augen wuchs, und sie versuchte, sich zu befreien, doch ich hörte nicht auf. Das Monster in meinem Kopf, die Stimme der Verzweiflung und der Angst, schrie mir zu, dass ich weitermachen musste.

Schließlich ließ ich sie los. Chio fiel schwer atmend auf den Boden, ihre Augen glasig und ihr Körper zittrig. Ich kniete mich zu ihr hinunter und packte sie fest an den Haaren, sodass sie mir direkt in die Augen sehen musste. Ihr Blick war eine Mischung aus Verwirrung, Schmerz und Staunen, als sie mich ansah. Ich konnte sehen, wie die Erschöpfung sie überwältigte, und gleichzeitig war da eine kleine Spur von Bewunderung.

»Dieses Mädchen wird schon bald tot sein«, sagte ich mit einer ruhigen, aber bedrohlichen Stimme. »Aber du, Chio, wirst immer bei mir bleiben. Du wirst meine treue Gefährtin sein, mein Schutzengel. Du musst nur die Rolle spielen und gehorchen. Hast du das verstanden?«

Sie nickte zögerlich und ihre Augen füllten sich mit Tränen, während sie versuchte, ihre Angst zu verbergen. Ein schmerzerfülltes Wimmern entglitt ihren Lippen, als ich ihr einen festen Schlag ins Gesicht gab. Der Schmerz ließ sie zusammenzucken und sie wimmerte weiter, ihre Stimme ein leises Klagen.

»Hast du es verstanden?«, fragte ich erneut, meine Stimme unnachgiebig.

»Ja, Meisterin«, antwortete sie mit einem geflüsterten, gequälten Ton, der die Furcht in ihrem Herzen widerspiegelte.

Ich schaute in ihr zartes Gesicht, das nun eine Mischung aus Angst und Unterwerfung zeigte. Dann beugte ich mich vor und gab ihr einen sanften Kuss auf die Stirn, als wollte ich ihre unterwürfige Zustimmung besiegeln. »Braves Mädchen«, flüsterte ich.

Sie machte einen liebevollen Laut, als ob sie Trost und Bestätigung in diesen Worten fand. Ihre großen Augen, die nun wieder voller Vertrauen waren, schauten mich an, als ob ich die einzige Person auf der Welt wäre, die sie wirklich verstand.

Langsam strich ich ihr über die Wange, spürte die Wärme ihrer Haut unter meinen Fingern. Mit dem Wissen, dass ich sie nun vollkommen in meiner Hand hatte, erhob ich mich. Der Gedanke, dass sie mir wieder voll und ganz ergeben war, erfüllte mich mit einer düsteren Befriedigung. Ich drehte mich um und machte mich auf den Weg zurück in den Keller, bereit, die nächsten Schritte meiner grausamen Mission zu planen.

Als ich die letzte Stufe erreichte, schmerzte jeder Schritt wie ein Nagel in meiner Brust. Meine Nerven arbeiteten auf Hochtouren. Vor mir breitete sich ein Bild des Grauens aus. Die Mutter lag reglos auf dem Boden, ihr Körper in einem grotesken, unnatürlichen Winkel. Blut war überall – an den Wänden, auf dem Boden, selbst in den Ecken, die normalerweise unsichtbar geblieben wären. Ihre Augen starrten in die Leere und ihr Gesicht war eine Maske des schockierten Entsetzens.

»Hast du das getan?« fragte ich, meine Stimme ein brüchiges Flüstern, das fast im Chaos um uns herum ertrank. Die Tochter befand sich am Rand des Geschehens, ihre Augen weit aufgerissen, ihre Bewegungen ruckartig und unkoordiniert. Ein schwaches, fast unverständliches Murmeln war die Antwort, die mir bestätigte, dass die Tochter am Leben geblieben war, während ihre Mutter sich selbst getötet hatte.

Meine Gedanken wirbelten durcheinander, während ich mich bemühte, den schockierenden Anblick zu verarbeiten. »Wie konnte das geschehen?«, fragte ich mich immer wieder. Der Gedanke, dass die Mutter ihren eigenen Tod herbeigeführt hatte, war zu überwältigend, um ihn sofort zu begreifen. In meinem Inneren stritten sich Verwirrung und Entsetzen darum, wer die Oberhand gewinnen sollte. Die kalte Dunkelheit des Kellers schien sich plötzlich vor meinen Augen zu verändern.

Alles um mich herum begann zu verschwimmen, die Wände, die Blutpfützen, der Leichnam der Mutter – es alles begann sich aufzulösen, als ob die Realität selbst zusammenbrach. Die Dunkelheit verwandelte sich allmählich in ein paradiesisches Feld. Die Farben waren überwältigend lebendig, fast schmerzhaft im Gegensatz zur vorherigen Dunkelheit. Das Licht war warm und golden und die Landschaft schien von einer fast himmlischen Aura durchzogen zu sein. Vor mir erschien eine Vision meiner Mutter. Ihre blonden

Haare wehten sanft im Wind und sie hielt in ihren Armen ein kleines Mädchen mit weißen Haaren und ein weiteres mit roten Haaren. Diese Vision schien aus einer anderen Welt zu stammen, so idealisiert und rein, dass sie befremdlich war.

»Das ist unmöglich«, flüsterte ich, während meine Stimme in der surrealen Stille des Paradieses klang. »Mütter tun solche Dinge nicht. Das ist nicht normal. Das kann nicht wahr sein. Es muss eine Lüge sein.«

Die Vision begann sich zu ändern. Das warme Licht, das uns umgeben hatte, verblasste, und die goldene Aura wurde durch ein blutrotes Leuchten ersetzt, das die Szenerie in ein unheimliches Chaos tauchte. Vor meinen Augen verwandelte sich das Paradies in eine Szene von brutaler Gewalt. Meine Mutter, die zuvor in der Vision so sanft und beschützend erschienen war, schlug das Mädchen mit den weißen Haaren brutal. Ihre Wut und ihre Verachtung waren in jeder ihrer Bewegungen und Handlungen spürbar.

»Warum bist du so?«, schrie meine Mutter, ihre Stimme ein verzweifelter Sturm, der die ganze Szene durchdrang. »Warum bist du ein Teil von mir? Du bist das pure Übel!«

Die grausame Realität, die sich mir offenbarte, war von einem solchen Horror durchzogen, dass eine einzelne Träne über meine Wange rollte. Sie fühlte sich wie ein Tropfen in einem Meer aus Qual an. Das

Monster, das in meinem Kopf lauerte, begann zu flüstern, seine Worte wie ein unaufhörliches Kratzen an den Wänden meines Geistes. »Die Wand wird immer weiter bröckeln und du wirst es nicht aufhalten können.«

Mit einem verzweifelten Aufschrei schüttelte ich meinen Kopf. »Nein!«, schrie ich, während die Realität wieder zurückkehrte. Die Vision des Paradieses verschwand und ich fand mich zurück in der kalten, blutigen Umgebung des Kellerraums.

Der Zorn, der mich durchflutete, war wie ein unaufhaltsames Monster. Meine Augen waren von einem glühenden Zorn erfüllt, als ich mich wieder auf die Tochter konzentrierte, die noch immer in der Ecke kauerte. Ihre Augen waren von Angst und Verwirrung erfüllt, als sie das Messer sah, das ich nun mit festem Griff in meinen Händen hielt.

Der Akt der Gewalt, den ich nun durchführte, war von einer brutalen Entschlossenheit geprägt. Jedes Mal, wenn ich das Messer durch die Luft schwang, war es, als würde ich meine ganze Wut und meinen ganzen Zorn in die Klinge lenken. Das Blut spritzte an die Wände, die Schreie der Tochter hallten durch den Keller, und ich war so von meiner eigenen Raserei eingenommen, dass ich nichts anderes mehr wahrnahm.

Erschöpft von der Gewalt lehnte ich mich gegen die Wand des Raumes. Mein Herz raste und ich konnte das Gewicht meiner eigenen Wut und Verzweiflung nicht mehr tragen. Instinktiv begann ich wieder, mein Bein abzutasten. Die nervöse Unruhe, die sich dort eingenistet hatte, ließ sich nicht ignorieren.

Meine Gedanken wirbelten chaotisch, als ich versuchte, Klarheit zu finden. Die Ängste, die mich quälten, waren wie ein Sturm, der meine Gedanken durcheinanderbrachte. Was, wenn das Monster recht hatte? Was, wenn alles, was ich tat, vergeblich war?

Das ständige Abtasten meines Beins wurde zu einer besessenen Wiederholung, einem verzweifelten Versuch, etwas Kontrolle zu behalten. Die Unruhe in meinem Inneren verlangte nach einem Halt und ich fand diesen Halt in dem rhythmischen Akt des Tastens. Die Gedanken, die mich quälten, wurden langsam weniger chaotisch, als ich mich auf die regelmäßigen Bewegungen konzentrierte.

Nach einer Stunde des Abtastens und tiefen Atmens begann sich mein Geist wieder zu klären. Die Ängste und Zweifel, die mich zuvor übermannt hatten, wurden von der Konzentration auf den körperlichen Akt verdrängt. Ich wusste, dass ich mich wieder auf das konzentrieren musste, was vor mir lag, und dass ich die Kontrolle über meinen Geist zurückgewinnen und behalten musste.

Der Abend hatte sich still und melancholisch über mein Zuhause gelegt, als ich mich zurückzog, um mich in meinem Schlafzimmer umzuziehen. Der Raum war in eine sanfte, warme Atmosphäre getaucht, die von der Deckenlampe ausging. Die Lampenschirme warfen ein weiches, beruhigendes Licht auf die Wände, das sich in sanften Schattierungen über die Möbel legte. Diese Illusion von Behaglichkeit stand in starkem Gegensatz zu den dunklen Gedanken und Ereignissen, die mich den ganzen Tag über begleitet hatten.

Ich schloss die Tür hinter mir und zog mich aus dem blutbefleckten Outfit. Die Kleidung fiel zu Boden, ein makabres Andenken an die brutalen Ereignisse des Tages. Während ich mich im Spiegel betrachtete, schlich das Monster flackernd um meinen Kopf, als ob es darauf brannte, meine innersten Ängste und Zweifel zu enthüllen. Das Flimmern war wie ein verzerrter, geisterhafter Nebel, der sich ständig veränderte und meine Gedanken in seinen Strudel zog.

Ich starrte auf mein Spiegelbild. Mein Gesicht war blass und die Spuren des Tages waren unverkennbar: Tiefe Schatten lagen unter meinen Augen, die von Schlaflosigkeit und Verzweiflung zeugten. Sie waren sonst von entschlossener Härte gekennzeichnet, doch jetzt waren sie durchzogen von einem schmerzlichen Glanz. Die Schrecken des Tages hatten ihre Spuren hinterlassen und das Bild im Spiegel schien mir fremd, fast so, als ob das, was ich sah, nicht wirklich ich, sondern jemand anderes war – jemand, der sich in den tiefsten Abgründen menschlicher Existenz verlor.

Während ich mich umkleidete, versuchte ich, mich von der düsteren Atmosphäre zu befreien. »Ich werde diesen Tag einfach hinter mir lassen und mich irgendwie ablenken«, murmelte ich leise vor mich hin, um mir selbst Mut zu machen. Das Monster begann leise zu kichern. Seine Stimme war ein kontinuierliches Murmeln, das sich in die Ecken meines Bewusstseins schlich. Ich versuchte, es zu ignorieren, doch seine Präsenz war schwer zu übersehen.

Ich entschied mich, den Abend mit Ablenkung zu füllen, um aus meinem Gedankenstrudel zu entkommen. Ich bestellte für uns alle etwas zu essen – einfache, unverfängliche Mahlzeiten, die keinen zusätzlichen Stress verursachen sollten. Während ich die Bestellung aufgab, konnte ich das Flackern des Monsters am Rand meines Blickfeldes sehen, eine ständige Erinnerung daran, dass es mir nicht erlauben wollte, auch nur einen Moment der Ruhe zu finden. Als die Lieferung ankam, deckte ich den Tisch. Ich bemühte mich, eine freundliche und entspannte Atmosphäre zu schaffen, obwohl das kleine Mädchen, das ich adoptiert hatte, noch immer nervös und unsicher wirkte. Ihr Blick wanderte unruhig über den Tisch und ihre Hände zitterten leicht, als sie nach dem Besteck griff. Es war offensichtlich, dass sie Schwierigkeiten hatte, sich in dieser neuen Umgebung wohlzufühlen.

Chio, die mittlerweile die Küche betreten hatte, war ebenfalls angespannt. Ihre Körpersprache war steif und ihr Blick verriet, dass sie mit der Situation kämpfte. Ihre übliche Haltung von Gleichgültigkeit war durch eine besorgte Miene ersetzt worden.

»Setz dich ruhig hin«, sagte ich mit einem aufmunternden Lächeln, während ich die Gerichte auf den Tisch stellte. Das Mädchen setzte sich vorsichtig, ihre Augen groß und unsicher. Die Stille, die den Tisch umgab, war fast greifbar, nur von den gelegentlichen Geräuschen von Besteck auf Tellern und dem gedämpften, stetigen Rauschen des Kühlschranks durchbrochen. Das Schweigen schien sich in den Raum zu legen, eine schwere, drückende Präsenz. Chio schien sich nach und nach etwas zu entspannen, als ich vorschlug, ein Spiel zu spielen, um die Stimmung aufzulockern. »Wie wäre es mit einer Runde *Mensch ärgere dich nicht*?«

Das Spiel begann und ich versuchte, mich voll und ganz darauf zu konzentrieren. Jeder Zug, jede Strategie, jede Kleinigkeit beim Spielen half mir, die düsteren Gedanken, die mich den ganzen Tag über quälten, aus meinem Kopf zu verdrängen. Die Momente des Lachens und der Frustration schienen eine temporäre

Flucht vor der grausamen Realität, die ich sonst erlebte, zu bieten. Während des Spiels konnte ich beinahe vergessen, dass Chio meine Sklavin war und das Mädchen nur ein zukünftiges Opfer in meinem Plan darstellte. Es war, als ob ich für diese kurze Zeit in einer neuen Realität lebte – einer Realität, in der Freude und menschliche Verbindung im Vordergrund standen.

Als es Zeit war, das kleine Mädchen ins Bett zu bringen, half ich ihr, sich in ihr neues Zimmer zu begeben und sich in die Bettdecke einzuwickeln.

»Kannst du mir eine Geschichte vorlesen?«, fragte sie leise, ihre Stimme kaum mehr als ein Flüstern.

Ich nickte, obwohl ich wusste, dass ich dafür meine eigenen Gedanken und Emotionen für einen Moment beiseite schieben musste. »Natürlich, mache ich gerne.« Ich nahm ein Kinderbuch aus dem Regal, setzte mich an ihr Bett und begann zu lesen. Die Geschichte handelte von einer Gruppe von Bären, die sich trotz aller Widrigkeiten zusammenfand und zu einer Familie wurde, obwohl sie nicht verwandt waren. Es war eine Geschichte über das Finden von Liebe und Unterstützung, selbst wenn man sie nicht aus der eigenen Familie beziehen konnte. Während ich las, spürte ich eine tiefe, unerwartete Rührung. Die Worte schienen sich in meinem Herzen festzusetzen und die Vorstellung von familiärer Liebe und Zusammenhalt bewegte mich auf eine Weise, die ich nicht erwartet hatte. Das Mädchen hörte gebannt zu, und als ich schließlich die Geschichte beendete, war sie bereits eingeschlafen. Ich deckte sie sanft zu. Ihre Atmung war ruhig und gleichmäßig. Es war fast beruhigend, ihren schlafenden Gesichtsausdruck zu betrachten – ein Bild der Unschuld und der Ruhe.

Als ich mein Zimmer betrat und mich ins Bett legte, spürte ich eine merkwürdige Mischung aus Erschöpfung und einer unbestimmten Hoffnung. Die Gedanken an den Abend, an das Spiel und an die Geschichte, die ich vorgelesen hatte, ließen mich zweifeln. War dieser harmonische Abend wirklich von Bedeutung oder war er einfach nur eine Flucht vor der grausamen Realität, die mich umgab? Warum schien dieser Moment der Ruhe so wichtig, wenn alles, was ich tat, letztlich zu nichts führen würde? Das Monster meldete sich schließlich zurück, seine Stimme ein leises, fast beruhigendes Flüstern, das sich wie ein warmer Schleier über meine Gedanken legte. »Warum nicht einfach ein Leben ohne Gewalt? Warum nicht das Beste aus deinem Dasein machen? Hier und jetzt.«

Ich drehte mich in meinem Bett und versuchte, die Gedanken zu ordnen. Die Stimme des Monsters war verführerisch und es fiel mir schwer, mich gegen sie zu wehren. Die Gedanken, die mich quälten, waren von einer merkwürdigen Art von Hoffnung durchzogen. Vielleicht war es an der Zeit, meine Realität neu zu bewerten und zu entscheiden, was wirklich wichtig war.

Die Nacht zog sich endlos hin, während meine Gedanken wie ein chaotisches Karussell durch meinen Kopf wirbelten. Die Vorstellung, dass ich einen neuen Weg finden könnte, war sowohl erschreckend als auch faszinierend, und so versuchte ich, in dieser merkwürdigen Nacht einen Moment der Klarheit und Hoffnung zu finden. Die Dunkelheit umhüllte mich, während ich versuchte, Schlaf zu finden, doch dieses Vorhaben wurde durch das ständige Gedankenkreisen und die quälende Stimme des Monsters erschwert. Es war eine intensive Zeit der Selbstreflexion, eine Suche nach einem tieferen Sinn und einer Möglichkeit, die Endlosigkeit der Gewalt und der Selbstzweifel zu durchbrechen.

-Tiefer Fall-

Der nächste Tag brach an und die gestrigen Ereignisse lasteten schwer auf mir. Der Abend mit den beiden Mädchen und die unvorhergesehene Zuneigung, die ich empfunden hatte, widersprachen allem, was ich mir vorgenommen hatte. Ein Gefühl der Verwirrung und des Widerstands gegen meine eigenen Pläne durchzog mich. Ich konnte nicht verstehen, warum ich plötzlich eine Bindung verspürte, warum ich einen Funken von Wärme in mir trug, der nicht zu meinem Ziel passte.

Ich wanderte gedankenverloren durch das Haus, als ich plötzlich einen entsetzlichen Anblick entdeckte. Das kleine Mädchen lag zerfetzt in ihrem Zimmer. Die Wände und der Boden waren vollgespritzt mit Blut. Meine Knie gaben nach und ich fiel fast in Ohnmacht. Das Bild des toten Mädchens brannte sich in meine Netzhaut ein und ich konnte nur stumm vor Entsetzen auf die Szene starren. Dann tauchte Chio hinter mir auf, ihre Kleidung rot befleckt und ein blutgetränktes Messer in ihrer Hand. Ihre Augen funkelten vor Aufregung und sie sah mich mit einem beinahe kindlichen Stolz an.

»Bist du stolz auf mich, Meisterin?«, fragte sie mit einer seltsamen Mischung aus Unschuld und Wahnsinn in ihrer Stimme. »Ich habe den Test bestanden, nicht wahr? Du wolltest sehen, ob ich wirklich loyal bin und ob ich niemand anderen an deiner Seite dulde. Ich habe das Spiel durchschaut.«

Ihre Worte klangen wie ein ferner Donner in meinen Ohren. Ein Test? War das wirklich ihre Interpretation? Chio redete weiter, ein endloser Strom von Worten, aber ich konnte sie kaum noch hören. Das Bild des toten Mädchens und des Bluts, das überall war, überwältigte mich.

»Chio...«, begann ich, meine Stimme kaum mehr als ein Flüstern, doch dann erhob sie sich zu einem zornigen Schrei. »Verschwinde!«

Sie erstarrte und ihre Augen weiteten sich vor Schock und Verwirrung. »Was? Aber...wieso bist du denn sauer...ich wollte doch...ich wollte doch nur...ich dachte, das war ein Test...«

»EIN TEST?«, schrie ich und meine Stimme bebte vor Wut und Verzweiflung. »Du bist ein krankes Monster! So etwas Abnormales, so etwas Verstörendes wie dich habe ich doch nur geduldet, weil du mir nützlich warst, aber jetzt...« Ich schüttelte den Kopf, meine Hände zu Fäusten geballt. »Du bist nichts weiter als Chaos-Abschaum. Du bist...ekelhaft.«

Chio starrte mich an, ihre Augen füllten sich mit Tränen und sie zitterte. »Aber...Meisterin, ich wollte...ich wollte nur beweisen, dass ich loyal bin. Ich habe nur getan –«

»Verschwinde! VERSCHWINDE ENDLICH!«

Sie begann zu weinen und ihre Tränen vermischten sich mit dem Blut auf ihrem Gesicht. »Aber...du hast mir gesagt, ich soll tun, was immer nötig ist...du hast gesagt, du bleibst immer bei mir...«

»Geh einfach«, sagte ich leise und meine Stimme klang dabei gebrochen. »Hau ab.« Chio stand einen Moment lang regungslos da, dann drehte sie sich langsam um und ging zur Tür. Tränen liefen ihr weiter über die Wangen und ihre Schritte waren schwer und schleppend. Ich konnte ihren Schmerz und die Verwirrung spüren, aber ich konnte nichts dagegen tun. Meine eigenen Gefühle waren ein Wirrwarr aus Wut, Trauer und Verzweiflung.

Als die Tür hinter Chio ins Schloss fiel, brach ich zusammen. Das Monster erschien sofort, sein Flüstern wie Gift in meinem Kopf. »Alles ist zerstört«, sagte es mit einer Stimme, die auf groteske Weise gleichzeitig sanft und grausam war. »Siehst du, was du angerichtet hast? Du hast nichts mehr.«

Die Welt um mich herum begann zu schwanken, der Raum verwandelte sich vor meinen Augen und ich fand mich in einem Paradies wieder, das von einem blutroten Licht durchdrungen war. Ich sah meine Mutter. Ihre blonden Haare glänzten im unnatürlichen Licht. In der einen Hand hielt sie ein kleines Mädchen mit weißen Haaren, in der anderen eins mit roten.

Das Monster trat an mich heran und seine Augen funkelten vor sadistischer Freude. »Die Wand, sie bröckelt, Yama. Du kannst es nicht aufhalten.«

Wut überkam mich und ich schrie »Nein!« Das Kinderzimmer kehrte schlagartig zurück und ich sah wieder das Mädchen, das Chio getötet hatte. In einem Anfall von Wahnsinn griff ich nach dem Messer, welches Chio fallen gelassen hatte, und begann auf das tote Mädchen einzustechen. Das Blut spritzte und ich begann, sofort wieder mein Bein abzutasten. Mein Verstand war ein Chaos aus Schmerz, Schuld und Wahnsinn. Stunden vergingen, während ich immer wieder mein Bein abtastete, auf der Suche nach einem Anzeichen von Krankheit, nach einem Beweis, dass ich noch lebte. Die Gedanken in meinem Kopf wirbelten durcheinander, ein endloser Strom aus Angst und Verzweiflung.

»Was habe ich getan?«, dachte ich immer wieder. »Was habe ich angerichtet?«

Erst als ich tief durchatmete und versuchte, das Abtasten meines Beins zu unterbrechen, wurde mein Verstand langsam klarer. Der Gedanke, dass ich Chio zurückrufen musste, drängte sich in mein Bewusstsein. Ich griff nach meinem Handy, doch die Nachrichten, die ich sah, ließen meine Angst erneut aufflammen. Mein Handy war überflutet mit Nachrichten von Literaturagenten, Schlagzeilen und Kommentaren von Fans. Die Welt hatte erfahren, was ich getan hatte, und die Empörung und der Hass waren überwältigend. YouTuber machten Videos, in denen sie mich verurteilten, und die Kommentare waren voller Wut und Enttäuschung. Ich konnte kaum glauben, was ich sah. Mein Ruf war zerstört, meine Karriere war vorbei. Die Realität meiner Taten hatte die Welt erschüttert und die Konsequenzen waren unvorstellbar. Die Angst kroch wie kalte Schlangen in meinen Kopf, wo sie sich windete und mich erdrückte.

Plötzlich klingelte mein Telefon. Es war ein Videoanruf von Chio. Mit zitternden Händen nahm ich den Anruf an und ihr triumphierendes Gesicht erschien auf dem Bildschirm. Sie befand sich im untersten Raum meines Kellers, gemeinsam mit den Wissenschaftlern. Ihr Gesicht war von einem bösen Grinsen durchzogen.

»Wie gefällt dir das alles, Meisterin?«, fragte sie höhnisch. »Siehst du, was du angerichtet hast? Du bist zerstört und der Frieden, den du gesucht hast, ist unerreichbar. Kein Wunsch wird dir erfüllt. Du wirst erst dann verstehen, wie ich mich fühle, wenn du alles verloren hast.«

Ihre Worte waren wie Dolche, die sich in mein Herz bohrten. Die Realität meiner Situation brach über mich herein und ich fühlte mich, als wäre ich in einem Albtraum gefangen. Gleichzeitig hörte ich laute männliche Rufe von draußen. Die Polizei war nun direkt vor meinem Haus und ich wusste, dass es kein Entkommen gab. Sie stürmten mein Haus und ich wurde mit Gewalt aus dem Keller gezerrt, in den ich gerannt war, bevor ich auch nur die Nähe des Raumes erreichen konnte, in dem Chio sich befand.

Die nächsten Stunden nahm ich kaum richtig wahr. Ich war wie benebelt, die Welt um mich herum verschwommen, und die Sirenen, die von überall dröhnten, waren ohrenbetäubend. Nach einiger Zeit packten mich die Beamten grob und führten mich aus dem Polizeiwagen heraus, wonach mich eine aufgebrachte Menschenmenge erwartete. Die Menschen brüllten, spuckten und beschimpften mich, und ihre Verachtung war fast greifbar. Jeder Schritt, den ich machte, fühlte sich wie ein Marsch in die Hölle an. Die Realität meiner Taten und die Konsequenzen, die mich erwarteten, waren unerträglich und schließlich begriff ich, wo ich hin verfrachtet wurde.

Das oberste Gerichtsgebäude von Utopia war ein beeindruckender Bau, dessen goldene Fassade in der untergehenden Sonne glänzte. Ich wurde mit verachtenden und schockierten Blicken der Menge, die sich vor dem Gebäude versammelt hatte, belagert. Die Menschen, die mich einst bewundert hatten, waren nun meine härtesten Kritiker. Die Atmosphäre war geladen, als ich innen angekommen auf ein Podest geführt wurde, das unterhalb der Richterbänke lag. Die Richter in ihren prunkvollen Roben blickten auf mich herab, während ich auf dem Podest stand. Die Ketten, die mich gefesselt hielten, drückten fest in meine Haut.

Die Richter erhoben sich über mir. Sowohl ihre Roben als auch ihre ernsten Gesichter verstärkten das Gefühl, dass ich nicht nur vor Menschen, sondern vor einem urteilenden Tribunal des Schicksals stand. Der Raum war erfüllt von einem bedrückenden Schweigen, das nur durch das Rascheln von Papieren und das Klicken von Kameras unterbrochen wurde. Dann wurde die Anklage verlesen und jede einzelne Tat, die ich begangen hatte, hallte durch den Raum. Die Morde, die Manipulationen, das psychische und physische Leid, das ich anderen zugefügt hatte – alles wurde in schonungsloser Detailgenauigkeit aufgeführt. Die Anklagepunkte waren so zahlreich und so entsetzlich, dass selbst ich, die sie begangen hatte, vor der Menge der Verbrechen zurückschreckte.

Dann kam der Moment, in dem ich mich verteidigen sollte. Mit zitternden Händen und brennenden

Augen erhob ich mich. Ich spürte die Blicke der Richter, der Ankläger und der Zuschauer auf mir. Jeder wartete auf meine Worte, auf eine Erklärung, eine Rechtfertigung oder ein Geständnis. Ich fühlte mich wie ein Tier, dass man in die Enge getrieben hatte.

»Ich gestehe«, begann ich leise, doch meine Stimme gewann schnell an Stärke. »Ich gestehe alles, was man mir vorwirft. Ja, ich habe gemordet, manipuliert und Leid verursacht. Aber wisst ihr was? Ihr...ihr alle...seid nicht besser als ich. Ihr seid die wahren Monster.« Ein Raunen ging durch die Menge, doch ich ließ mich nicht beirren. »Ihr habt meine Bücher doch gekauft, meine Geschichten gelesen und meine Taten bejubelt. Ihr habt das Blut und das Leid genossen, solange es für euch nur in der Fiktion existierte. Aber jetzt, da die Realität euch eingeholt hat, spielt ihr die Empörten, die Schockierten. Ihr wolltet das alles doch. Meine Berichte haben euch doch so gefallen, plötzlich ist es keine Unterhaltung mehr?« Meine Stimme wurde lauter und ich fühlte, wie die Worte aus mir herausströmten wie ein lang aufgestauter Fluss. »Ihr seid heuchlerisch, verlogen und schwach. Ihr wollt Helden und Schurken, um eure langweiligen Leben aufzupeppen. Ihr braucht Menschen wie mich, um euch moralisch überlegen zu fühlen. Aber in Wahrheit seid ihr genauso verdorben. Ihr wollt so jemanden wie mich, ihr wollt euch doch empören, mich beleidigen, am Frühstückstisch über mich debattieren, was wäre euer Leben ohne so jemanden wie mich?« Ich wandte mich nun direkt an die Richter. »Ihr sitzt dort oben, über mich erhaben, als wärt ihr unantastbar. Aber eure Hände sind genauso blutig. Ihr habt weggesehen, als das System versagte, als die Welt das buchstäbliche Chaos hervorbrachte. Ihr habt nichts getan, um das Leid zu lindern, im Gegensatz zu mir. Ich habe Opfer gebracht, um einen höheren Zweck zu erreichen, um den Frieden zu erzwingen. Doch jetzt verstehe ich, dass es sinnlos war. Ihr seid es nicht wert, gerettet zu werden. Ihr alle seid erbärmlich und eure Existenz ist genauso sinnlos wie meine. Sollen wir doch alle untergehen! Sollen wir alle im Nichts verschwinden! Was macht es schon für einen Unterschied?«

Der Raum war totenstill. Die Richter sahen mich mit einer Mischung aus Entsetzen und Verachtung an. Dann, nach einem quälend langen Moment, erhob sich die Richterin in der Mitte der Bank: »Sie können ihren narzisstischen Monolog nun beenden. Sie werden morgen in aller Öffentlichkeit hingerichtet, als Warnung an alle, damit jeder versteht, dass niemand – wirklich niemand – über den goldenen Gesetzen Utopias steht.«

Als das Urteil ausgesprochen wurde, fühlte ich eine seltsame Erleichterung. Es war vorbei. Mein Kampf, mein Leiden, meine Ziele – alles war zu einem

Ende gekommen. Der Tod würde mich von der Last meiner Taten befreien.

Ich wurde aus dem Gerichtssaal geführt und die Menschen schimpften und spuckten auf mich. Doch ihre Worte und Taten erreichten mich nicht mehr. Mein Geist war bereits weit entfernt, jenseits von Schmerz und Reue.

In meiner Todeszelle saß ich still und ließ die Ereignisse des Tages Revue passieren. Die Stimme des Monsters war still und zum ersten Mal seit langer Zeit fühlte ich eine seltsame Ruhe. Vielleicht war das der Frieden, den ich gesucht hatte – nicht in der Welt, sondern in mir selbst. Die Nacht senkte sich über die Stadt und ich bereitete mich auf das unvermeidliche Ende vor. Meine Gedanken wanderten zu Chio und dem kleinen Mädchen; zu den Menschen, die ich verletzt und zerstört hatte. Aber inmitten all dieser Dunkelheit fand ich ein klein wenig Hoffnung – die Möglichkeit, dass selbst in den dunkelsten Seelen ein Funken von Licht existieren konnte. Und so wartete ich in der Stille meiner Zelle auf das Ende, das mich von meinen Sünden erlösen würde.

-Der wahre Kern-

Die Luft in der Todeszelle war stickig, erfüllt von einem scharfen, metallischen Geruch, der von den rostigen Gittern und den feuchten Wänden ausging. Meine Augen schmerzten von der Dunkelheit, die nur gelegentlich von dem flackernden Licht einer alten Glühbirne durchbrochen wurde. Ich saß auf dem kalten Betonboden, die Beine angezogen und die Arme um sie geschlungen, während das Monster um meinen Kopf schwebte, sein Flüstern durchdringend und unaufhörlich.

»Warum hältst du noch immer an diesem Leben fest, Yama? Du redest dir zwar ein, dass du aufgegeben hast, aber deine Angst vor dem Tod pulsiert ja förmlich in dir.« Das Monster sprach mit einer sanften, aber eindringlichen Stimme, die meine Gedanken durchdrang wie ein Messer durch weiche Butter. »Lass los, Yama. Du wolltest nie geboren werden.«

Ich schloss die Augen, atmete tief durch und versuchte dabei, den Kloß in meinem Hals hinunterzuschlucken.

»Ich weiß, dass du recht hast«, murmelte ich, meine Stimme kaum hörbar. »Aber es gibt so viel, was ich noch tun wollte. So viel, was ich erreichen wollte.«

»Warum erzählst du mir nicht von deinem schlimmsten Erlebnis?«, forderte das Monster. »Lass es uns gemeinsam durchleben. Jetzt ist ein guter Moment dafür, vermutlich der letzte. Lass uns die Wand nun zerstören.«

Wie vom Monster kontrolliert, drifteten meine Gedanken zurück in die Vergangenheit, zu einem der dunkelsten Kapitel meines Lebens. »Es...es war damals in der Höhle«, begann ich, meine Stimme zitternd. »Wir waren gefangen, ohne Nahrung, meine Mutter hatte uns verlassen und meine Schwester...«, meine Stimme brach, als die Erinnerung mich überwältigte.

»Erzähl weiter«, drängte das Monster. »Du musst dich erinnern.«

»Es...es war die einzige Möglichkeit zu überleben.« Tränen liefen über mein Gesicht, als die Erinnerung lebendig wurde.

Die Höhle erschien vor meinen Augen – das feuchte Gestein und das kalte Licht, das kaum in das Innere vordrang. Wir waren allein, meine Schwester und ich, hungrig und verzweifelt. Ihre roten Haare, die immer so lebendig im Sonnenlicht leuchteten, wirkten in der Dunkelheit stumpf und leblos.

»Yama, wir müssen etwas tun«, hatte sie damals gesagt, ihre Stimme schwach und zitternd. »Wir können nicht einfach hier sterben.«

»Aber was sollen wir tun?« Meine Worte klangen hohl in der Enge der Höhle. »Es gibt keinen Ausweg.«

»Ich... ich habe eine Idee.« Ihr Blick war entschlossen, aber auch von tiefer Angst gezeichnet. »Du musst mich essen. Überlebe, bis Hilfe kommt.«

»Nein!« Meine Antwort kam schnell und heftig. »Das ist Wahnsinn! Das kann ich nicht. Niemals.«

»Du musst.« Ihre Augen funkelten vor Entschlossenheit. »Ich will nicht, dass du stirbst. Wenn eine von uns überlebt, dann war es das wert.«

Die Erinnerung zerfetzte mein Herz, als ich das Monster ansah. »Es war ein Fehler«, sagte ich, meine Stimme brüchig. »Ich hätte sterben sollen, nicht du.«

Plötzlich verwandelte sich das Monster vor meinen Augen. Es war nicht länger eine schattenhafte Gestalt, sondern meine Schwester. Ihre roten Haare leuchteten im schwachen, flackernden Licht der Zelle. »Es ist okay, Yama«, sagte sie sanft. »Ich habe mich für dein Leben entschieden. Du musst nicht weiter leiden.«

»NEIN!«, schrie ich. »Es war ein Fehler! Du hättest leben sollen, nicht ich!« Ihre Gestalt begann zu verschwimmen und das Monster kehrte zurück.

»Du siehst, Yama, du kannst nicht entkommen. Du bist dazu verdammt, diese Erinnerungen immer wieder zu durchleben. Ich bin schließlich in dir.«

Der Wahnsinn ergriff mich mit voller Wucht. Meine Hände zitterten, mein Atem ging stoßweise. Ich konnte das Monster nicht mehr ertragen, konnte die Erinnerungen nicht mehr ertragen. Ich musste raus. Ich musste fliehen. Mit einem gewaltigen Ruck riss ich an den Ketten, die mich fesselten. Das Metall schnitt in meine Haut, doch der Schmerz war unwichtig im Vergleich zu dem, was in meinem Kopf vorging. Die Wachen hatten keine Chance, als ich sie überwältigte. Der Drang zu töten überkam mich und ich verlor mich in einem Strudel aus Gewalt und Blut.

Jeder einzelne Mord wurde zu einem intensiven, detaillierten Moment der Befreiung. Ich sah die Angst in den Augen meiner Opfer, spürte das warme Blut an meinen Händen. Es war eine seltsame Art von Erlösung. Ich erinnerte mich an jeden einzelnen Tod, das Aufblitzen der Panik, das Ringen nach Luft, das letzte Flackern des Lebens in ihren Augen.

Die erste Wache, die ich überwältigte, war ein junger Mann, kaum älter als zwanzig. Sein Gesicht war eine Maske des Schreckens, als ich auf ihn losging. Mit einem schnellen, präzisen Schlag traf ich ihn am Hals und er brach zusammen, während das Leben aus seinen Augen wich. Das warme Blut spritzte auf mein Gesicht und für einen Moment empfand ich eine merkwürdige Ruhe.

Ich griff nach seiner Waffe und machte mich auf den Weg durch die Gänge. Jeder Schritt hallte wider, jeder Atemzug schien lauter als der letzte. Die nächste Wache hatte keine Chance, als ich auf sie zukam. Ein Schuss und sie fiel zu Boden. Ihr Körper zuckte noch ein letztes Mal, bevor die Stille einkehrte.

Der Drang zu töten wuchs in mir, eine unstillbare Gier, die mich weitertrieb. Ich stieß auf eine Gruppe von Wachen, die versuchten, mich aufzuhalten. Ihr Widerstand war zwecklos. Mit jedem Schuss, jedem Stich fühlte ich mich freier, als ob ich ein Stück meiner Last abwarf. Die Gänge wurden zu einem Schlachtfeld, erfüllt von den Schreien der Sterbenden und dem mir vertrauten Geruch von Blut.

Ich stahl eine bessere Waffe und machte mich auf den Weg nach draußen. Auf der Straße setzte sich mein Amoklauf fort. Unschuldige Menschen fielen meinem Wahnsinn zum Opfer und ich verlor mich immer tiefer in der Dunkelheit. Jeder Schuss, jeder Stich, jeder Gewaltakt war ein Schritt weiter in den Abgrund meiner Seele. Ich betrat einen kleinen Laden und die Kunden dort erstarrten vor Panik. Eine Frau versuchte zu fliehen, doch ich war schneller. Ein Schuss in den Rücken und sie fiel schreiend zu Boden. Ein Mann stürzte sich auf mich in einem verzweifelten Versuch, mich aufzuhalten. Ich wehrte ihn mühelos ab, der Lauf meiner Waffe in seinem Gesicht, bevor ich abdrückte. Sein Blut spritzte auf die Regale, ein groteskes Kunstwerk des Todes.

Ich trat wieder auf die Straße hinaus, die Waffe fest in meiner Hand. Die Menschen flohen vor mir, ihre Schreie erfüllten die Luft. Ich zielte wahllos, schoss auf alles, was sich bewegte. Ein Kind, das versuchte, sich hinter einem Auto zu verstecken, wurde mein nächstes Opfer. Sein kleiner Körper fiel wie eine Puppe zu Boden, die Unschuld in seinen Augen für immer erloschen. Der Wahnsinn trieb mich weiter, meine Sinne geschärft durch die Gewalt. Jeder Schuss, jeder Mord war ein Akt der Rebellion gegen die Welt, die mich so sehr gequält hatte. Ich fühlte mich unaufhaltsam, ein Sturm der Zerstörung, der alles in seinem Weg niederwalzte.

Es dauerte nicht lange, bis das Militär mich stellte. Sie hatten mich umzingelt, Waffen auf mich gerichtet. Ich war bereit zu sterben, bereit, dem Albtraum zu entkommen. Doch die Schüsse, die ich erwartete, kamen nicht. Stattdessen sah ich mich von schwer bewaffneten Soldaten umgeben, ihre Gesichter kalt und entschlossen.

»Yama, geben Sie auf!«, rief einer von ihnen. »Es gibt keinen Ausweg.«

Ich hob meine gestohlene Waffe, bereit, einen letzten Akt der Rebellion zu begehen. Doch bevor ich abdrücken konnte, wurde ich überwältigt und zu Boden gedrückt. Meine Hände wurden in Handschellen gelegt und ich wurde grob auf die Beine gezogen.

»Bringt sie weg«, befahl der Kommandant. »Wir haben Befehle.«

Ich wurde in ein gepanzertes Fahrzeug geschleppt. Meine Gedanken wirbelten wie ein Tornado. Das Monster flüsterte unablässig in meinem Ohr, doch seine Worte verloren an Bedeutung. Ich war erschöpft, körperlich und seelisch. Der Drang zu kämpfen war erloschen, sollten sie mir antun, was sie wollten. Doch überraschenderweise brachten sie mich nach Hause.

Im Wohnzimmer meines Hauses wartete eine Überraschung auf mich. Die Soldaten drängten mich auf einen Stuhl und zeigten mir ein Video. Der Soldat, der das Video abspielte, sah mich mit kaltem Hass in den Augen an.

»Siehst du das?«, fragte er mich. »Das ist deine Schuld, du Schlampe.«

Auf dem Bildschirm sah ich Chio, die mit einem irren Lächeln in die Kamera sprach. »Wenn ihr mir Yama nicht ausliefert, zünde ich ihre kleine süße Megabombe und vernichte die Welt. Das wird ein richtig fettes Bumm. Bumm Bumm Bumm.«

Mein Lachen hallte durch den Raum, ein bitteres, gebrochenes Geräusch. »O, wie schön, das heißt dann wohl, ihr tanzt nach meiner Pfeife«, sagte ich, meine Stimme kalt und abweisend. »Ich werde mit Chio nur reden, wenn ihr den Soldaten, der mich beleidigt hat, umbringt.«

Die Soldaten starrten mich ungläubig an, Wut und Verwirrung in ihren Augen. »Das können wir nicht tun«, sagte einer von ihnen empört. »Das ist Wahnsinn.«

»Wahnsinn?« Ich stand auf und trat näher an ihn heran, fixierte seine Augen mit meinen. »Ihr habt keine Ahnung, was Wahnsinn ist. Ihr werdet es tun oder die Welt wird untergehen.«

Es folgte eine hitzige Diskussion. Die Soldaten waren wütend, ihre Stimmen erhoben sich zu einem chaotischen Crescendo. Doch letztendlich gaben sie nach. Der Mann, der mich beleidigt hatte, wurde von seinen eigenen Kameraden hingerichtet. Sein Blut besudelte den Boden und ich fühlte eine seltsame Befriedigung.

»Das ist erst der Anfang«, sagte ich leise, während ich das Blut auf dem Boden betrachtete. »Der Anfang vom Ende.«

Mit einem dumpfen Klick schloss sich die Tür des Kellers hinter mir. Die kühle, sterile Luft wirkte erstickend, während ich durch den schwach beleuchteten Gang ging. Meine Hände zitterten, als ich den Code für die letzte Tür eingab. Jeder Schritt fühlte sich wie ein Marsch ins Ungewisse an und die Stille war drückend, durchbrochen nur vom leisen Summen der Elektronik.

Die Tür öffnete sich langsam und ich trat in den Hauptbereich des Bunkers ein. Dort, in der Mitte des Raumes, stand die Bombe. Sie war bedrohlich und real, ein kaltes, technisches Wunderwerk des Todes. Chio stand daneben, ihre Augen voller Hass und Wahnsinn. Blut klebte an ihren Händen und Kleidern, eine unheimliche Erinnerung an ihre Taten.

»Da bist du ja endlich«, sagte sie mit einem höhnischen Lächeln. »Ich habe auf dich gewartet.«

Mein Herz raste und in meinem Kopf herrschte ein tosender Sturm aus widersprüchlichen Gefühlen. Wut, Trauer, Reue – alles verschmolz zu einem chaotischen Strudel. Die Worte, die ich ihr entgegenbringen wollte, schienen mir im Hals zu stecken. »Chio«, begann ich, aber sie unterbrach mich sofort.

»Nein! Hör auf mit deinen Lügen! Du hast mich ausgenutzt, mich betrogen! Du hast mich nur als Werkzeug gesehen!« Ihre Stimme überschlug sich vor Wut und Verzweiflung.

Ich nickte, unfähig, ihren Vorwürfen zu widersprechen. »Ja, ich habe dich benutzt. Ich bin grausam, eine eiskalte Mörderin und Egoistin. Aber...«

»Aber was?« Sie stürzte sich auf mich, bevor ich den Satz beenden konnte. Ihre Fäuste trafen mich hart und ich taumelte zurück. Jeder Schlag, den sie austeilte, war gefüllt mit all ihrem Schmerz und ihrer Verzweiflung. »Du verdienst es nicht, zu leben!«, schrie sie. »Du verdienst es nicht, Frieden zu finden!«

Ich wehrte mich nicht, ließ die Schläge über mich ergehen. Jeder Aufprall fühlte sich an, als würde er ein weiteres Stück meiner Seele zerschmettern. »Ich weiß«, sagte ich leise. »Ich verdiene nichts davon. Aber im Nichts...im Nichts werden wir frei sein. Niemand wird mehr leiden.«

Chio hörte auf zu schlagen und starrte mich an, ihre Augen vor Tränen verschwommen. »Frei? Was weißt du schon von Freiheit?«

»Ich weiß, dass wir beide gebrochene Seelen sind«, flüsterte ich. »Im Nichts gibt es keine Schmerzen, keine Sorgen. Nur Frieden.« Mein Herz zog sich zusammen bei diesen Worten, denn sie waren die reine Wahrheit. Alles, was ich mir jemals gewünscht hatte, war es, endlich Ruhe zu finden. Doch selbst dieser Wunsch war vergiftet von den Dingen, die ich getan hatte.

Chio trat einen Schritt zurück, ihre Schultern bebend vor unterdrücktem Schluchzen. »Bist du bereit, die Welt zu retten, wenn es bedeutet, dass du sterben musst?«, fragte sie mit erstickter Stimme.

Ich sah sie an, ihre Worte hallten in meinem Kopf wider. Mein Wunsch nach Frieden, nach Erlösung, war immer an die Hoffnung geknüpft gewesen, dass ich es alles miterleben würde. Doch jetzt, da ich ohnehin sterben würde, war mir klar, dass es mir egal war. »Wenn ich es nicht sehen kann, ist es sinnlos«, flüsterte ich. »Mir ist das Leben der anderen egal. Es ging immer nur um mich.« Chio starrte mich an. Ihre Augen suchten nach einem Zeichen von Reue, von Menschlichkeit. Doch ich konnte ihr nichts geben. Die

Erkenntnis traf mich mit der Wucht eines Zuges: Ich war schon lange tot. Mein Körper lebte noch, aber mein Geist, meine Seele waren schon längst im Nichts verloren.

»Also willst du die Bombe zünden?«, fragte sie, ihre Stimme kaum mehr als ein Flüstern.

Ich nickte. »Ja. Denn wenn ich nicht leben kann, wenn ich nicht den Frieden sehen kann, den ich schaffen wollte, dann soll niemand ihn sehen.« Der Gedanke an die absolute Vernichtung erfüllte mich mit einer seltsamen, dunklen Befriedigung. Es war eine letzte, endgültige Lösung für all die unzähligen Fehler, die ich gemacht hatte.

Chio schloss die Augen und schluchzte heftig. »Du bist wirklich ein Monster.«

»Ja«, stimmte ich zu. »Genau wie du und die anderen Menschen.« Ich winkte Chio zu mir und sah ihr tief in die tränenden Augen. »Ich habe dich ausgenutzt und nur als Spielzeug gesehen«, sagte ich. »Ich bin grausam, eine eiskalte Mörderin und Egoistin. Aber im Nichts werden wir frei sein. Niemand wird mehr leiden. Wir werden zusammen sein, für immer, wie ich es dir versprochen habe.«

Chio heulte und umklammerte mich. In diesem intensiven, emotionalen Moment schien die Zeit stillzustehen. Wir waren zwei verlorene Seelen, die im Angesicht der Vernichtung endlich zueinander fanden.

»Es spielt alles keine Rolle«, sagte ich, während ich ihren Kopf streichelte. »Das Nichts ist die Rettung für uns beide. Keine Sorgen, keine Gefühle.«

Chio schluchzte heftig und klammerte sich an mich. »Ich wollte das nicht«, flüsterte sie. »Ich wollte das alles nicht.«

»Ich weiß«, antwortete ich. »Aber das ist alles völlig egal. Unsere Schuld wird genauso vergehen wie diese Welt.«

Mit zitternden Händen griff Chio nach dem Zünder der Bombe. Ihre Augen waren geschlossen, ihre Lippen formten stumme Sätze. Ich legte meine Hand auf ihre und gemeinsam drückten wir den Knopf.

In dem Moment, als die Bombe explodierte, war alles Licht, alles Wärme. Ein unendlicher Augenblick, in dem Schmerz und Leid verschwanden. Dann war da nur noch Dunkelheit, ein endloses Nichts, das uns beide umschloss. Kein Leid, keine Tränen, nur Frieden.

-Stern und Teufel-

Der Moment der Explosion war wie eine Ewigkeit gefangen in grellem weißem Licht. Alles um mich herum löste sich auf und ich spürte, wie mein Körper zerfiel, atomisiert von der immensen Energie. Es war, als würde ich von der Realität getrennt werden. Mein Bewusstsein schwebte in einem Raum zwischen Leben und Tod. Doch anstatt in Dunkelheit zu versinken, wurde ich von Erinnerungen überflutet.

Bilder aus meiner Kindheit, Momente des Schmerzes und der Freude, flackerten vor meinem inneren Auge auf. Ich sah mich selbst als kleines Mädchen, spielte auf der Wiese, lachte mit meinen Schwestern. Doch die Bilder wandelten sich schnell in Albträume. Ich sah meine Mutter, ihre wütenden Augen, ihre scharfen Worte. Sie schrie mich an, beschimpfte mich, dass ich versagt hätte.

»Warum hast du das getan, Yama?« Ihre Stimme war ein ständiges Echo in meinem Kopf, wütend und enttäuscht. Jede Silbe schnitt tief in mein Herz, als ob sie mich dafür bestrafen wollte, was ich geworden war.

Mit jedem Wort, das sie sprach, fühlte ich mich tiefer in diese Erinnerungen hineingezogen. Die Szenen wiederholten sich, zeigten immer wieder die gleichen Momente des Schreckens und der Einsamkeit. Ich sah mich selbst weinen, während meine Schwestern glücklich miteinander spielten. Ich war immer die Außenseiterin, immer diejenige, die nicht dazugehörte.

Plötzlich spürte ich, wie ich irgendwo hingezogen wurde, als ob eine unsichtbare Kraft mich aus der Tiefe meiner Erinnerungen herausreißen würde. Es war ein Gefühl des Übergangs, als würde ich durch einen Tunnel aus Licht und Schatten gezogen werden.

Ich fand mich in einer blau leuchtenden Höhle wieder. Das Licht war sanft und beruhigend, doch es bildete einen seltsamen Kontrast zu der Kälte, die ich empfand. Die Wände der Höhle schimmerten in verschiedenen Blautönen und das Licht schien aus einem unerkennbaren Ursprung zu kommen. Ich sah mich gründlich um, unfähig zu begreifen, wo ich war.

Neben mir stand meine Schwester mit ihren leuchtend roten Haaren. Sie sah mich mit einem Ausdruck tiefer Traurigkeit an, ihre Augen von Tränen gerötet. Vor mir, ihre blonden Haare wie ein Heiligenschein, stand meine Mutter. Ihre Augen funkelten vor unterdrückter Wut. Ich betrachtete meinen eigenen kindlichen Körper und dachte zunächst, dass dies eine Erinnerung war. Meine Hände waren klein und weich, meine Beine kurz und dünn. Doch je länger ich dort stand, desto realer wurde alles. Die Höhle, das blaue Licht, die Präsenz meiner Mutter und Schwester – alles fühlte sich greifbar und lebendig an.

»Das ist keine Erinnerung«, flüsterte ich zu mir selbst und spürte, wie mein Herz schneller schlug. Die Realität und die Illusion verschmolzen zu einer unentwirrbaren Masse und ich fühlte mich gefangen in einem Netz aus Vergangenheit und Gegenwart.

Meine Mutter trat einen Schritt vor und sah mich mit strengen Augen an. »Yama«, begann sie, ihre Stimme wie eine Klinge durch die Luft schneidend. »Willkommen zurück. Alles, was du erlebt hast, war nur eine Illusion. Das hier ist die Realität. Du warst niemals aus dieser Höhle fort und die Menschen sind noch gar nicht erschaffen worden. Das alles war nur eine Prüfung. Erinnerst du dich, wer du bist?«

Ich starrte sie an, unfähig, ihre Worte zu begreifen. »Eine Prüfung?« Meine Stimme zitterte, ein Echo meiner inneren Verwirrung.

»Ja«, antwortete sie. »Eine Illusion, erschaffen, um die Wahrheit zu offenbaren.«

»Welche Wahrheit?« Die Realität um mich herum begann zu schwanken, als ob sie jeden Moment zusammenbrechen könnte.

Meine Mutter seufzte tief und begann zu erklären, ihre Stimme durchdrungen von einer uralten Weisheit. »Ich bin das Potenzial zu allem, Yama. Ich kann erschaffen und zerstören. Ich bin ewig und überall. Du und deine Schwestern, ihr seid Teile von mir. Ihr repräsentiert die vier verschiedenen Aspekte, die mein Wesen ausmachen. Doch ich wusste nie, ob es richtig ist, dass es überhaupt Schöpfung geben soll. Ist es überhaupt Teil meines Wesens zu erschaffen? Sollte ich überhaupt existieren?« Ihre Worte hallten in der Höhle wider, während ich versuchte, sie zu verstehen. »Die Menschen – das, was du in deiner Illusion gesehen hast – waren ein Teil dieser Prüfung. In jeder Illusion, in der es Menschen gab, sowie meine Teile von Schöpfung und Zerstörung, setzte sich stets die Zerstörung durch. Das Nichts überwältigte alles.«

Meine Mutter sah mich an, ihre Augen funkelten vor unterdrücktem Zorn. »Du bist der Teil der Zerstörung, Yama. Und ich konnte mich nie gegen dich wehren, obwohl ich es immer wollte. Aber es reicht...mir wurde immer und immer wieder bewiesen, dass du einfach zu stark bist.«

Ihre Worte trafen mich wie ein Schlag ins Gesicht. »Was bedeutet das?«, fragte ich, meine Stimme kaum mehr als ein Flüstern.

»Es bedeutet, dass Schöpfung wohl falsch ist, wenn sie sich nicht durchsetzen kann«, antwortete sie scharf. »Also muss ich die Konsequenzen daraus ziehen. Du wirst nun deine Schwester, den Schöpfungsteil in mir, zerstören, damit es niemals eine falsche Schöpfung geben kann. Das ist es doch, was du immer wolltest. Niemand wird geboren, keiner wird in die deiner Meinung nach sinnlose Existenz geschickt. Ich habe dich deine Schwester in dieser Illusion fressen lassen, damit du dich schon mal darauf vorbereiten kannst. Ich wollte nicht, dass es dazu kommt, aber ich habe keine Wahl.«

Meine Schwester neben mir begann zu weinen, ihre Tränen flossen wie stille Bäche über ihr Gesicht. »Nein, das kann ich nicht!«, schrie ich und spürte, wie Verzweiflung und Wut in mir aufstiegen.

»Du musst!«, brüllte meine Mutter. »Zeig mir, dass du es verstehst. Schöpfung ist ein Fehler. Zerstöre sie!«

Meine Gedanken wirbelten durcheinander. Erinnerungen an unzählige Illusionen und an mein Leben kamen in Wellen zurück. Die Schreie meiner Mutter, die Tränen meiner Schwester – alles verschmolz zu einem einzigen, qualvollen Moment. »Ich werde das nicht tun!«, schrie ich verzweifelt. »Nicht nochmal!« Die Realität um mich herum begann zu flimmern, als meine Wut und Verzweiflung ihren Höhepunkt erreichten. Mit einem Schrei richtete ich eine mir unbekannte Macht gegen meine Mutter. Ein grelles Licht brach aus mir heraus und traf sie mit voller Wucht.

Sie wurde paralysiert, ihr Körper an die Wand der Höhle gekettet.

Meine Schwester sah mich mit weit aufgerissenen Augen an, als meine Mutter wie versteinert an der Wand hing, nicht in der Lage, mit uns zu interagieren. »Was hast du getan?«, fragte sie, ihre Stimme vor Angst und Verwirrung bebend.

»Ich habe sie gestoppt«, sagte ich, meine Stimme immer noch zitternd vor Adrenalin. »Sie kann uns nichts mehr antun.«

Gemeinsam verließen wir die Höhle und betraten das paradiesische Feld. Die Luft war erfüllt von süßen Blumendüften und es war, als wäre ich nie weggewesen, als wäre dieses andere Leben nur ein langer Traum gewesen, der nun immer mehr und mehr verblasste. Unsere beiden anderen Schwestern warteten bereits auf uns, ihre Augen voller Fragen und Sorge.

»Wo ist unsere Mutter?«, fragte eine von ihnen, ihre Stimme vor Unsicherheit zitternd. Ich atmete tief durch und sah meine Schwester an, die neben mir stand.

»Sie ist verschwunden«, sagte ich und meine Schwester neben mir nickte zur Bestätigung. »Sie sagte, sie werde fürs erste nicht wiederkommen und ich solle gut auf euch achtgeben.«

Die anderen Schwestern sahen uns mit einer Mischung aus Trauer und Skepsis an, doch sie stellten zunächst keine weiteren Fragen. Wir gingen Hand in

Hand über das Feld, die Sonne schien warm auf unsere Gesichter. Trotz allem, was geschehen war, verspürte ich eine seltsame Ruhe. Meine Schwester und ich hatten den Kreislauf durchbrochen.

Der Weg durch das Feld war lang und ermüdend, doch jeder Schritt brachte uns weiter weg von der Dunkelheit und dem Schrecken der Höhle. Meine Gedanken kehrten immer wieder zu dem zurück, was meine Mutter gesagt hatte. Ihre Worte hallten in meinem Kopf wider, während ich versuchte, die Bedeutung zu verstehen. War Schöpfung wirklich ein Fehler? Hatte sie recht damit, dass Zerstörung unvermeidlich war?

Doch jedes Mal, wenn diese Zweifel aufkamen, sah ich in die Augen meiner Schwestern. Ihre Hoffnung und ihr Vertrauen gaben mir die Kraft, weiterzugehen. Ich wusste, dass wir zusammen stark genug waren, um jede Herausforderung zu überwinden. Auch wenn ich nicht wusste, was die Zukunft brachte, war ich entschlossen, zumindest jetzt für unsere gemeinsame Existenz zu kämpfen.

Die Sonne begann langsam unterzugehen und das Feld wurde in ein goldenes Licht getaucht. Wir setzten uns ins weiche Gras und sahen den Sonnenuntergang an. Es war ein Moment des Friedens, der so selten war in unserem Leben. Wir saßen zusammen, unsere Hände fest ineinander verschlungen, und sahen zu, wie die Nacht hereinbrach.

»Wir werden es auch ohne Mutter schaffen«, flüsterte ich. »Gemeinsam.«

Meine Schwestern nickten und lächelten, und zum ersten Mal seit langer Zeit spürte ich eine echte Hoffnung in meinem Herzen. Egal, was noch kommen würde, wir würden es gemeinsam durchstehen. Und das war alles, was zählte. Ich gab mich dieser seltsamen Ruhe hin und hoffte, dass die Dunkelheit der Vergangenheit uns nicht mehr verfolgen würde.

Hier sollte dich eigentlich ein Happy End erwarten. Der Abschluss wäre perfekt, oder? So friedlich. Doch das Schicksal hatte andere Pläne für uns. Für uns alle.

Ich dachte, alles würde nun gut werden. Es schien, als ob wir endlich Frieden gefunden hatten, fernab der Regeln und Erwartungen unserer Mutter. Es spielte keine Rolle mehr, was wir waren oder woher wir kamen. Wir waren frei, unser eigenes Leben zu führen, unsere eigenen Wege zu gehen. Doch die Realität war weitaus komplizierter, als ich je hätte ahnen können.

Meine Schwestern wollten das Glück nicht nur für uns allein. Sie glaubten daran, etwas Gutes zu schaffen. Impera, die Schwester, die ich gerettet hatte, war besonders entschlossen. Sie hatte die Menschen gesehen, ihre Fehler, ihre Schwächen. Sie verstand, wie verlogen und falsch sie sein konnten und wie sie sich gegenseitig zerstörten, sobald sie sich selbst und ihre

Existenz begriffen hatten – aber dennoch sah sie in ihnen so viel Potenzial. Kreativität, Liebe, Geschlossenheit, Wärme; all die Dinge, die ich nicht sah. Ich wollte es besser machen – wollte Wesen erschaffen, die einfach existierten, die aus purem Instinkt handelten und nicht von den Schatten ihrer Gedanken und Emotionen belastet waren. Ich glaubte, dass solche Wesen in der Lage waren, in Harmonie zu leben, frei von dem Schmerz und den Konflikten, die die Menschen plagten. Doch meine Kreationen wurden nicht verstanden. Sie wurden weggesperrt, als Monster betitelt, obwohl es meine Schwestern waren, die die wahren Monster kreiert hatten.

Du hast das schon sehr lange verstanden und deswegen habe ich dich aufgesucht.

»Und was bist du jetzt genau? Ein Geist? Ein übernatürliches Wesen? Eine Göttin?«

Meine Schwestern haben viele unserer Geschichten zu Beginn der Schöpfung unter den Menschen verteilt. Heutzutage ist vieles verfälscht und verändert. Inzwischen habe ich viele Namen: Lucifer, Teufel, Satan, das Böse. Jedenfalls werde ich als das schlimmste Wesen dargestellt, wobei ich von Anfang an als Einzige kein Leid wollte. Ich wollte all das Grauen nicht, was ihr durchleben musstet. Es war so absehbar, dass ihr euch das gegenseitig antut.

»Nehmen wir mal an, du bist nicht ein Teil meiner vielen Wahnvorstellungen und...deine sehr verstörende Geschichte hat wirklich so stattgefunden. Was willst du dann ausgerechnet von mir? Weißt du denn überhaupt, wer ich bin?«

O, sei dir sicher, ich weiß alles über dich. Wir alle haben unsere Rollen in diesem großen Spiel. Du bist ein Teil davon, ob du es willst oder nicht. Ein elementarer Teil.

»Jetzt sag schon, was du willst!«

Hey, ich bin nicht dein Feind und ich bin sicher nicht so, wie diese ganzen Märchenbücher mich darstellen wollen. Ich weiß, was du durchgemacht hast – was ihr alle durchgemacht habt, natürlich, aber vor allem du. Du hast gesehen, was es bedeutet zu existieren, was meine Schwestern dir angetan haben, in dem sie dich und alle anderen Menschen erschaffen haben. Ich will diesen Fehler lediglich korrigieren. Ich will euch befreien.

»Dabei werde ich dir sicher nicht helfen. Ich scheiße auf dieses Leben und auf meine Existenz sowieso, aber bevor ich sterbe, will ich etwas wiedergutmachen und einer bestimmten Person endlich ein sorgenfreies, glückliches Leben ermöglichen.«

Und wieder mal der menschliche Irrglaube von einem Sinn der eigenen Existenz. Selbst wenn es dir gelingt, ihr Glück zu schenken, wird sie irgendwann trotzdem sterben und ihr werdet alles verlieren. Es wird alles in Leid enden. Du suchst Bedeutung in einer Welt, in der es keine gibt.

»Fick dich...und lass mich in Ruhe. Ob Teufel oder was auch immer, du nervst.«

Du kannst mich auch einfach Yama nennen, anstatt diese abfälligen Begriffe zu verwenden, den Teufel tragen wir doch schließlich alle in uns.

»Ich werde dir nicht helfen, alles zu vernichten. Auch wenn diese Welt scheiße ist, gibt es Menschen, die leben wollen. Sollen sie es halt machen, es geht mich nichts an, das weiß ich jetzt.«

Wir wissen beide, dass dir das Wohl der anderen recht egal ist, aber es ist bemerkenswert, wie du für die vermeintlichen Rechte deiner Mitmenschen einstehen willst. Hör zu, ich weiß, was du willst...was du wirklich willst. Und ich bin bereit, es dir zu geben. Ich bin zwar die Zerstörung, dennoch habe ich die Macht zum Erschaffen, wie jede von uns vieren. Und du wirst es bekommen. Deine Heimat, deine Freunde, deine Mutter, deine Schwester, dein Onkel, alle friedlich vereint, für unzählige Jahrhunderte. Ein langes Leben für euch. Ihr werdet die Ausnahme sein, bis euch das Nichts dann nach einer sehr langen Zeit friedlich in seine Arme aufnimmt.

»V-verdammt...verdammte Scheiße.«

Ich wusste, dieses Angebot würde dir gefallen.

»Was...also...was muss ich dafür denn tun?«

Tatsächlich nur eine Kleinigkeit. Ich habe keinen Körper auf der Erde, deswegen kann ich dich gerade auch nur in deinem Traum besuchen. Das haben meine Schwestern so eingerichtet. Keine von uns kann einfach so mit unserer göttlichen Erscheinung über die Erde schlendern und sich einmischen. Doch es gibt einen Weg, wie wir zumindest handlungsfähig sein können. Ein Mensch muss freiwillig sein Blut mit einem von uns teilen und somit bekommen wir einen eigenen menschlichen Körper. Ich brauche dafür jedoch dein Einverständnis.

»Ich muss also gar nichts tun, nur Ja sagen, und dann bekomme ich meine Heimat wieder?«

Und du musst überleben. Denn wenn du stirbst, verfällt mein eigener menschlicher Körper zu Staub. Das wäre sehr unvorteilhaft, aber ich habe dich ja nicht grundlos auserwählt. Du bist stark genug, um in dieser Welt zu überleben, da bin ich mir sicher.

»Aber wie genau willst du dann die gesamte Existenz auslöschen? Wie willst du in einem menschlichen Körper deine Schwestern besiegen?«

Meine Pläne sind stets sehr gut durchdacht und es wäre unklug, diese Details irgendwem anzuvertrauen, selbst dir. Aber ich kann dir sagen, wenn ich meine Schwestern beseitige, wird das nichts bringen. Sie sind nur Eigenschaften, aber nicht vollkommen. Nein, um das Leid endlich zu beenden, muss ich den Kern, das Alles, das pure Sein vernichten. Mein Ziel ist nicht, meine Schwestern zu zerstören, sondern meine Mutter. Ich werde Gott töten und das Leiden wird ein für alle Mal enden.

»Okay, verdammt...ich tue es, aber nur unter der Bedingung, dass du dein Versprechen einlöst. Ich will mein altes Leben zurück und sollte ich nur die kleinsten Anzeichen erkennen, dass du mich verarschst, dann verwandle ich deinen Körper auch ohne meinen Tod zu Staub.«

Ich werde dich nicht verraten. Du hast mein Wort und meinen Schutz, bis ich mein Ziel erreicht habe. Wir bekommen beide das, was wir wollen, und das haben wir uns verdient. Ich werde dich nicht enttäuschen, Siletha.